AF417713

GLÒRIA ARIMON

CONTES DE BAGDAD

Col·lecció: Ursa Maior

Contes de Bagdad
1.ª edició, setembre 2010
1.ª reimpressió, setembre 2011

© 2007, 2010, Glòria Arimon Ventura
© 2007, 2010, *Alí Babà,* Glòria Arimon Ventura i Josep Lorman Roig
© d'aquesta edició: ICG Marge, SL
Traducció a l'àrab: Fadi Hadeeb
Il·lustracions de l'interior: Helena Ruiz
Fotografia de la coberta: Glòria Arimon Ventura

Edita: Marge Books - València 558, àtic 2.ª - 08026 Barcelona (Espanya)
www.marge.es - Tel. +34-932 449 130 - Fax +34-932 310 865

Director editorial: David Soler
Gestió editorial: Hèctor Soler, Laura Matos, Anna Palacios
Compaginació: Mercedes Lara
Impressió: Més Gran Serveis Gràfics i Digitals (Santa Coloma de
Cervelló, Barcelona)

ISBN: 978-84-15004-31-8
Dipòsit Legal: B-

GLÒRIA ARIMON
amb la col·laboració de Josep Lorman

CONTES DE BAGDAD

Amb la col·laboració de:

MARGE BOOKS

Compromesos amb el món és una associació sense ànim de lucre, fundada el 2007 a Catalunya, que promou i dona suport a projectes de cooperació internacional. L'educació per la pau és un dels seus principals objectius. Aquest llibre s'ofereix a totes les organitzacions que treballen pel mateix objectiu.

Informació i contacte: www.compromesos.cat.

Nota

Vegeu **www.marge.es** per ampliar informació sobre l'Iraq i recollir propostes per al professorat que vulgui treballar a classe els problemes que viu aquest país. Els materials que trobareu al lloc web inclouen enllaços a internet i temes de llengua (un petit vocabulari, frases fetes...), seguit d'exemples de diferents costums i tradicions que serveixen per treballar i comparar amb les nostres i, finalment, una sèrie de suggeriments per parlar i debatre sobre els valors i l'actualitat a l'Iraq.

ÍNDEX

Han encadenat les onades del Tigris.
Com somiarem a partir d'avui amb els viatges?
A quina illa anirem?

Sargon Bulus (poeta iraquià)

INTRODUCCIÓ

LES narracions que us presentem en aquest llibre estan centrades en tres personatges de *Les mil i una nits*. Els relats de *Les mil i una nits* tenen orígens diversos. Els contes més antics vénen de l'Índia; els d'origen persa formen un altre grup; una tercera agrupació inclou les narracions de caràcter islàmic que transcorren a l'Iraq i, finalment, hi ha un quart grup de narracions localitzades a Egipte. Hi ha testimonis escrits en àrab ja al segle IX. L'any 1704 el francès Galland va publicar el primer volum traduït i així van arribar al públic europeu, amb gran èxit. Per això, al segle XIX s'hi van incorporar nous relats, com el de *Simbad el mariner* i, més endavant, alguns contes que havien circulat a part, com els d'*Alí Babà i els quaranta lladres* i *Aladí i la llàntia meravellosa*.

La història de *Les mil i una nits* comença quan el sobirà de Bagdad, el cruel rei Sahriyar, descobreix que la seva dona l'enganya amb un altre home. Furiós, decideix que cada dia durà una noia verge i noble al seu llit i a la sortida del sol la matarà. El personatge central dels contes és Xahrazad, filla d'un visir, que es proposa acabar amb aquesta matança de noies; per això s'ofereix voluntària per reunir-se amb el rei i cada nit li explica un conte, que deixa inacabat abans de fer-se de dia. D'aquesta manera, el rei no la mata, perquè vol saber com s'acaba el conte i, per tant, ha d'esperar l'arribada de la nit. Els relats tracten temes molt diversos: amorosos, fantàstics, d'intriga, de cavalleria, i d'aventures.

Els relats de *Simbad, Alí Babà* i *Aladí* es van afegir als relats inicials, i els hem situat a l'Iraq actual perquè el territori d'aquest país coincideix, en part, amb el que era conegut a l'antiguitat com a Mesopotàmia, entre els rius Tigris i Èufrates que desemboquen en el golf Pèrsic. Fa més de 5.500 anys, en aquelles terres, es va inventar una de les primeres formes d'escriptura. L'any 1990, les primeres instal·lacions que els nord-americans i els britànics van bombardejar quan van atacar l'Iraq, van ser les fàbriques de paper; les Nacions Unides van prohibir que en compressin a fora i que hi entressin peces de recanvi d'arts gràfiques i d'impremtes. Alhora, prohibien l'ús dels llapis per escriure, amb l'argument que el grafit que contenen podia ser material d'ús militar.

Al llarg de la història, els nois i les noies de tot el món han viscut aventures i amors en llocs molt diferents d'on vivim nosaltres. Tots tenien en comú les ganes d'aprendre, de jugar, de passar-s'ho bé, d'estimar... Les vides dels joves de l'Iraq ja fa anys que no poden ser com les nostres, a causa de les guerres, primer provocades pel dictador i després, per l'ocupació d'Estats Units. Durant els primers anys d'ocupació han mort centenars de milers de persones, la tercera part menors d'edat, i un de cada vuit habitants ha fugit fora de casa seva o del país.

Bagdad, la capital, no té mar, per això, la sortida al golf Pèrsic es fa per Bàssora, la ciutat que hi ha al sud, després que els rius Tigris i Èufrates s'hagin unit. En aquella ciutat, abans de l'ocupació, hi havia una escultura al carrer que representava Simbad mirant el mar. A Bagdad, en una gran plaça, una sèrie d'escultures representaven Alí Babà i els lladres. El passat dels seus personatges llegendaris és present arreu del país.

L'any 2002, a Bàssora, vaig conèixer dos nois que feien d'enllustradors de sabates; els matins treballaven i a les tardes anaven a escola. Em van dir que eren feliços. Des de la distància els he recordat sovint, com també els paisatges de l'Iraq: el desert, els aiguamolls, les costes, les ruïnes d'antigues civilitzacions... i, sobretot, les mirades dels nois i les noies al carrer. Tots volien viure i ser feliços, com els personatges dels contes de fa segles. I com que no puc ni vull oblidar, un dia vaig tancar els ulls i em vaig començar a imaginar els herois d'abans, Simbad, Alí Babà i Aladí amb les cares, els vestits i els problemes dels joves de l'Iraq actual. D'aquí van sorgir aquests contes: tenen les mirades dels enllustradors, de les nenes i els nens que jugaven al pati de les mesquites, estudiaven a l'escola o jeien als llits dels hospitals.

Els relats de *Les mil i una nits* representen el triomf de l'art i de la cultura sobre la barbàrie perquè finalment, el rei, després de tantes nits escoltant-los, perdona la vida de Xahrazad. Per mitjà de la paraula, s'ha capgirat la realitat. Ens agradaria que els Contes de Bagdad també ens ajudessin a entendre que la paraula i la raó són les úniques armes que hem de fer servir en els conflictes. El que ara passa a l'Iraq ho veiem per televisió gairebé en directe, amb el perill que així ens acostumem al dolor dels altres i ens tornem immunes al patiment i a la mort. Esperem que la lectura d'aquests contes, amb l'ajuda de la fantasia, ens ajudi a recuperar la realitat. El jovent i els adults podem canviar les coses. Tot depèn de nosaltres.

Glòria Arimon

SIMBAD

EL lloc on es trobaven els rius Tigris i Èufrates era tan bonic, que es diu que allà hi havia hagut el paradís terrenal. Les aigües corrien arreu, en forma de rius, rieres, canals i estanys. Entremig hi havia arbres fruiters de tota mena: albercoquers, tarongers, pomeres, pereres..., i, sobretot, palmeres de llargs troncs amb copes d'on penjaven gotims de dàtils grossos i dolços. Tampoc no hi faltava bestiar: aus, cavalls, ases, cabres, bens, gats, ratpenats... En aquest punt de confluència dels dos rius també hi havia un petit poblat, Al Qurna. A partir d'allà es formava el riu Xatt-al-Arab, que un centenar de quilòmetres al sud desembocava al golf Pèrsic. Aquest riu d'aigües profundes permetia que grans barques arribessin des del mar.

L'any 637, entre canals d'aigua i palmerars, un califa va fundar una ciutat que, en poc temps va tenir milers d'habitants: Bàssora. Baixant riu avall, tenien la mar a prop i van construir un port, Um Qasar, on amarraven les embarcacions per anar a pescar, i, sobretot, per navegar. En pocs anys, aquells homes van arribar fins a la Xina. Navegaven més enllà dels confins que es veien, descobrien nous horitzons, móns diferents, colors i sabors, mirades, llengües i amors.

Molts segles després, a Bàssora vivia un xicot alt i de pell bruna, que es deia Simbad, d'ulls grans i rodons i amb els cabells negres i arrissats. Hamid, un oncle seu, sec i arrugat pels anys, l'havia recollit quan la mare va morir en el part del segon fill. El pare havia mort només feia uns mesos d'unes febres molt altes que en poques setmanes van convertir un home sa i fort en un manyoc de carn i de pell.

Simbad passava el dia al carrer, jugant amb altres nens, primer, i ben aviat, buscant-se la vida per poder menjar i viure. Sovint anava fins a la riba del riu i, des d'allà, albirava els petits illots enmig de l'aigua i el tràfec dels comerciants. Cada vegada arribaven més barques de fora, algunes de molt lluny, amb homes de races diferents i mercaderies que allà no tenien.

Un dia, quan tot just havia fet tretze anys, mentre mirava els homes que baixaven de les embarcacions, ho va decidir: «Jo seré navegant». I així va ser. L'oncle havia mort i no tenia la responsabilitat de tenir-ne cura.

Els primers anys va navegar a bord d'una barcassa on va embarcar com a ajudant, però en poc temps va estalviar prou diners per comprar una barca i no dependre de cap amo. Enmig de la mar, observava el vol de les gavines; si era hivern, es deixava acaronar la cara i els braços pel sol; si era estiu i escalfava massa, es protegia sota un tendal. Enmig de la mar, era feliç. Se sentia sol i, alhora, acompanyat. Posava els esquers i esperava que els peixos piquessin. No li venia d'una hora ni de dues. El temps s'havia aturat.

*Els primers anys va navegar a bord d'una barcassa
on va embarcar com a ajudant...*

Simbad era un jove inquiet i ben aviat li va semblar massa còmode i rutinari anar a pescar cada dia. No parava de guaitar l'horitzó i, al vespre, quan arribava a la seva cabana, comptava els diners que anava estalviant de la venda del peix. Cada nit rumiava quants anys trigaria a reunir una quantitat important per poder comprar una bona barca que li permetés anar més enllà. La majoria dels vailets de la seva edat, que vivien en família, estaven pendents de la noia que els pares triarien per casar-lo, però ell no tenia cap pressa. És clar que li agradaven les noies, però... per a més endavant. Li semblava que, de moment, tenia coses més importants per fer.

Una nit plàcida i serena va sortir al carrer. El canal que passava davant de casa seva reflectia la lluna, plena i rodona. Quan la va mirar, li va semblar que li feia l'ullet. Simbad s'estimava tot el que l'envoltava, ho sentia així, de molt endins: aquell paisatge, els amics, el riu, el vell soc de Kawit, el concorregut carrer d'Al-Wasan, els minarets de les més de trenta mesquites de la ciutat, els ponts que passaven per damunt dels canals, les nombroses pastisseries... però necessitava canviar. Amb aquest pensament va entrar al cafè a fer un te amb un narguil i trobar-se amb els amics. Com sempre, tot eren homes, perquè les dones no acostumaven a entrar-hi. Un home vell estava explicant que ja era molt gran per continuar amb la seva barca i volia plegar. Simbad sabia que el falutx d'aquell home era bo i gran; aleshores li va fer una oferta de compra, amb una entrada per començar, més els diners que es comprometia a pagar-li els propers anys. Després de discutir i regatejar una bona estona, van tancar el pacte amb una encaixada de mans, com feien els homes de bé. No calia papers. Amb la paraula n'hi havia prou.

Pocs dies després, proveït d'un recipient d'aigua i d'un sac amb aliments, Simbad es va embarcar. Era el seu primer viatge a l'aventura. Bufava un ventet suau i mirava la ciutat, que s'anava fent petita a mesura que s'allunyava. En el punt on el riu arriba a la mar després de travessar el seu gran delta, superada l'illa que tantes vegades havia voltat i que coneixia de memòria, Simbad va posar rumb a orient i va deixar que la barca l'hi dugués. Com els vents no eren gaire forts, l'embarcació feia el seu curs lentament…; fins que la mar va quedar completament plana. No hi havia ni un bri de vent i es va quedar aturat. Simbad no tenia por. Aprofitava aquells moments de calma per dormir o per menjar una mica. El problema, però, era quan bufava el vent contrari, perquè llavors l'arrossegava en la direcció que ell no volia. De manera que al cap de tres dies de salpar, es va trobar de nou a la desembocadura del riu. Llavors es va adonar que no n'hi havia prou amb voluntat, sinó que calia adquirir coneixements de la gent que feia anys que navegava. Va parlar i va preguntar moltes coses a alguns navegants experimentats, i, tot i que gairebé no sabia llegir ni escriure, va dibuixar-se mapes rudimentaris. Fet això, va reunir provisions i va agafar una capseta amb les joies que havia heretat de la família i alguns productes per vendre. Amb aquesta càrrega, va salpar de nou. Aquest cop, i seguint les recomanacions dels navegants, sense allunyar-se gaire de terra, va anar en direcció a les costes perses. El viatge va anar bé; els vents van ser favorables i, al cap d'uns dies, va arribar a una ciutat desconeguda, on va trobar gent que parlava una altra llengua. Un home que va trobar al port li va explicar que, segons els llocs, les persones parlaven de formes tan diferents que no s'entenien les unes amb les altres. Tanmateix, la gent que estava acostumada a navegar per diferents països, s'espavilava per entendre i fer-se entendre.

—El més important —li va dir l'home—, és tenir ganes de comunicar-se.

Durant els dies que es va estar allà, Simbad va vendre els dàtils i la sal que duia i després un mercader del soc li va comprar uns collarets, dos anells i una polsera, el petit tresor familiar. Amb els diners que en va obtenir, va comprar sedes i productes que no tenien al seu país; quan va tornar a Bàssora ho va vendre tot i va obtenir una bossa de diners que li va servir per pagar part del seu deute i per comprar més productes per continuar comerciant. Durant un any, Simbad va anar i tornar pels ports perses tantes vegades com va poder, comprant i venent. Cada cop anava una mica més enllà. Ja coneixia les costes perses de memòria, primer, verdes i esplèndides, després, desèrtiques. Li havien dit que passat l'estret d'Ormuz s'obria una mar enorme, que el podia dur fins a l'Índia i la Xina. També havia navegat per la costa occidental de la península aràbiga però no havia passat mai de la península de Qatar, perquè hi havia corrents forts, molt perillosos. Temps era temps, pirates ferotges assaltaven totes les naus que navegaven per aquella costa, i per això s'anomenava Costa dels Pirates.

Al cap de no gaire temps, Simbad ja havia saldat el deute amb el vell que li havia venut el falutx i va decidir agafar un ajudant. El seu nom era Beb Radin.

Amb els viatges, Simbad va aprendre tot el que no havia après abans. Va conèixer gent a qui admirar, i també a qui témer, i es va haver d'enfrontar a molts perills: els temporals, els lladres, els estafadors que li volien vendre garses

Durant un any, Simbad va anar i tornar
pels ports perses tantes vegades com va poder,
comprant i venent.

per perdius...; però ell era un xicot espavilat. Tot i ser anal-
fabet, havia aconseguit mig entendre les llengües que es
parlaven allà on anava; tenia l'oïda fina i la llengua llarga,
però sabia callar quan convenia, i se li podia florir el pa a
la boca si calia guardar un secret. A cada port, hi tenia un
amic, a cada poble, una noia que se'l mirava en silenci.
Cada vegada que retornava a Bàssora, el lloc que ell sabia
que era casa seva encara que s'hi estigués poc temps, sen-
tia un tremolor a les cames que li feien flaquejar tot el cos.
Quan veia la silueta de les mesquites, que coneixia com la
seva ombra, sempre exclamava:

—Estic salvat, ja sóc a casa!

Simbad encara recordava algunes històries que li havia
explicat el seu oncle, que parlaven de quan Gengis Khan,
l'emperador de Mongòlia, va arribar a aquelles terres. Tot
el que va deixar va ser un rastre d'horror i de destrucció,
ben diferent d'altres pobles com els abbàssides, els assiris o
els grecs, que hi van aportar cultura i riquesa. Li havien
explicat que el que ara era el seu país, va ser ocupat per
l'imperi otomà i que més endavant les tribus es van haver
d'unir per enfrontar-se a un enemic comú, els britànics, que
havien ocupat aquell lloc i se'n volien fer els amos. Quan
van marxar, no els va ser senzill començar a caminar. Cada
terra feia sa guerra...

Mentre navegava, Simbad tenia molt de temps per
pensar; sempre es preguntava per què els homes no podien
viure en pau: pescar, sembrar, comerciar... i estimar. Algu-
na vegada ho havia dit en algun cafè, i els homes més grans,
se'n reien, d'ell.

—Quan siguis més gran ja ho veuràs. Cadascú va a la
seva, i els que manen, més que ningú. N'hi ha uns quants

que tenen molts diners, i la resta en tenim just per anar tirant.

Aleshores, Simbad callava i mantenia viva l'esperança de trobar un dia, en alguna d'aquelles illetes del golf, un tresor amagat. Si alguna vegada havia gosat confessar-ho a algú, li havia dit:

—El tresor més gran que tenim aquí és el petroli. Però tampoc ens pertany.

Grataven la terra molt endins, fins a l'ànima, i hi trobaven l'or negre. Simbad feia servir el petroli per fer foc, per cuinar, per navegar... però li explicaven que, tal com estava avançant el món, servia per moltes més coses. Al seu país no, perquè anaven endarrerits, però a Amèrica, a l'altra banda de l'oceà immens, l'empraven per fer de tot, des d'una persiana a una galleda.

Un oceà, pensava Simbad, un oceà és un mar que no s'acaba mai, on trigues setmanes i setmanes per arribar a terra ferma i on es desfermen uns temporals tan grans, que amb una barca com la meva no aguantaria ni dos dies. Amèrica..., hi podria anar mai? Un somni etern. Allà la gent era rica, tenia vaixells i automòbils, vivia en cases boniques i netes, duia roba bona, tota la quitxalla anava a escola... Ell acabava de fer divuit anys, i aleshores la canalla del seu país estudiava, i podien anar al metge si estaven malalts..., però els que manaven eren tan lluny! Bagdad, fins feia poc, era a trenta hores de camí per carretera.

Un mal dia, va sentir en un cafè del soc que el seu país estava en guerra amb el país veí, els perses, el que es coneixia com Iran. Les disputes venien de lluny, perquè sempre s'havien barallat per la possessió del riu i de la regió de Khuzestan, on hi havia petroli.

—Per què? —se li va ocórrer preguntar a aquells homes que bevien te i fumaven narguil.

Tots el van mirar i es van arronsar d'espatlles. Un va contestar:

—La gent del poble no sabem mai per què els nostres governants fan guerres. I, al capdavall, tant si es guanyen com si es perden, sempre en sortim perjudicats.

I així va ser. Simbad ja no gosava navegar per les costes perses; se n'anava per les occidentals, però allà tampoc no estava tranquil. Sovint sentia i veia grans ocells de foc que volaven pel cel i escopien flames i fum. Van ser anys molt durs, perquè les bombes van arribar a Bàssora. Vuit anys d'infern durant els quals cap família de la ciutat va quedar sencera: pares i fills en edat militar varen ser cridats a files per lluitar contra els veïns; mares i fills petits, bombardejats i massacrats a casa seva. Fins i tot semblava que els peixos s'haguessin amagat, perquè costava pescar-los! Aquella guerra no va tenir vencedors ni vençuts: va acabar en taules, amb un milió de morts entre ambdós bàndols. Les siluetes dels vaixells enfonsats que van quedar al port, recordaven la destrucció. Després, en honor als generals morts, el president del seu país va ordenar construir al passeig marítim de Bàssora dues-centes cinquanta estàtues que representaven cada un dels generals que havien mort en les batalles contra l'Iran, amb el braç dret assenyalant l'altra banda de la riba, la mirada dura, els fusells a l'espatlla, desafiant, encara, l'enemic.

Però la capacitat humana de reaccionar i sobreviure és immensa. Els habitants de Bàssora van reconstruir la ciutat, van tornar a alçar mesquites, es van obrir de nou els comerços, es van reconstruir els ponts sobre els canals, el soc va tornar a ser un batibull de colors i moviment, i els pescadors i comerciants van retornar a la mar.

Simbad va navegar de nou i amb el suport d'en Beb Radin, el minyó que l'ajudava, venia productes que duia de Bàssora i en comprava a fora, que després tornava a vendre a la seva ciutat.

Havia passat el temps i encara era solter.

—Has de vigilar que no se't covi l'arròs —li deien els companys, amb afecte.

Per això, li havien aconsellat que es casés d'una vegada, i al final ho va fer amb una noia òrfena com ell, que vivia amb una tia i un cosí. La Zainab tenia setze anys; a la guerra li havien matat el pare i dos germans. Com mana la tradició, Simbad va demanar la mà al cap de família, el cosí de la noia, i no li va costar gaire de convèncer-lo: eren pobres i, si es casava, era una boca menys per alimentar. Aleshores Simbad va comprar una casa al barri de Zahra; era un bon moment perquè hi havia molta gent necessitada que les venia barates per culpa de les guerres. Però abans d'instal·lar-se a la llar, Simbad va dir a la Zainab que volia navegar uns quants dies per compartir amb ella el seu gran tresor, la mar.

—Vull que te l'estimis com me l'estimo jo —li digué.

Aquest cop van viatjar tots dos sols, sense l'ajudant. El primer dia, Simbad la va començar a mirar amb tendresa. El que més li agradava eren els seus ulls rodons, del color de la mel, i la seva pell, fina i tendra. Segur que tindrien fills, els durien a l'escola i els ensenyaria a navegar, pensava tot mirant l'horitzó. Gairebé no es coneixien i la noia el mirava de cua d'ull; potser patia perquè no sabia amb quina mena d'home s'havia casat. La Zainab havia anat a escola i, per tant, sabia llegir i escriure, i també sabia cuinar. Les primeres nits calmades de lluna plena, ajaguts a la coberta de la barca, s'agafaven les mans i compartien secrets d'infància; uns dies després ja descobrien misteris del seu cos i, finalment, sota un cel de palmeres d'una platja persa, van esdevenir amants. Quan, tres setmanes després, van retornar a Bàssora, ja no eren els mateixos. Ella se sentia feliç i sense por, amb ganes que Simbad li continués explicant coses sobre tot el que coneixia, i amb ganes, també, d'ensenyar-li a llegir i escriure, tal com havien quedat. Ell, que ja tenia una amant de feia anys, la mar, ara, amb la seva dona, estava doblement enamorat de la vida. No demanava res més.

Al cap d'un any ja tenien el primer fill, un nen, a qui van posar el nom d'Alí. Simbad no havia pensat mai que ser pare el pogués fer tan feliç. Aleshores no feia grans viatges, procurava tornar aviat a casa i, si no comerciava, pescava.

Però la joia no va durar gaire. Poc temps després, el president del seu país va començar una altra guerra en envair el territori veí de Kuwait. L'ocupació no va durar gaires dies, perquè una colla de països, encapçalats pels nord-americans i els britànics, el van fer tornar enrere. Foren dies de dol i de mort. Bàssora, com d'altres ciutats, va ser bombardejada fins a l'extenuació amb bombes d'urani empobrit. No hi havia racó on amagar-se. Els immensos boscos de palmeres de les ribes de Xatt-al-Arab van quedar ferits de mort, amb les copes de tots els arbres escapçades. Les costes havien esdevingut tristes i despullades. Setmanes després, els atacs van cessar, però el que va venir aleshores va ser un altre tipus de guerra, la del patiment, la de voler menjar i no tenir què, la de la por dels avions que sobrevolaven la ciutat. Va ser la postguerra de l'embargament.

*Simbad va dir a la Zainab que volia navegar
uns quants dies per compartir amb ella
el seu gran tresor, la mar.*

Mentrestant, la Zainab tornava a estar embarassada d'un segon fill i es trobava molt malament. En Simbad gairebé no gosava sortir de casa, però calia buscar feina, la que fos, per alimentar la família. Quan va arribar l'hora del part, van anar a l'hospital, perquè veien que no anava bé. Allí va néixer una nena, Latifa, a qui els metges van diagnosticar leucèmia. Els van explicar que, des de la guerra, naixien molts nens amb malformacions i altres malalties. El nounat semblava un ocellet a qui una simple ventada podia tombar. Van tornar a casa i Simbad passava tot el temps que podia al costat de la seva dona que, dèbil, procurava alletar Latifa i tenir-ne cura.

Un dia, quan Simbad va tornar de fer uns encàrrecs, va trobar la seva dona pàl·lida i defallida. La malaltia que tenia des de l'embaràs, el còlera, havia progressat fins a rosegar-li tot el cos. Va morir com un pollet, i Simbad va sentir-se més sol que mai. Després d'enterrar-la, assegut a la riba del riu, va restar abraçat a Alí fins que es va fer fosc. No sabia què fer ni on anar. Necessitava treballar per alimentar els dos fills, però, qui en tindria cura? Els va deixar uns dies amb una veïna, però ella mateixa li va recomanar que es tornés a casar, perquè li calia una dona per fer-se càrrec de la mainada.

Simbad no en tenia gens de ganes, però aquella dona es va ocupar de trobar-li una noia de la seva edat, que s'havia quedat vídua perquè li havien mort el marit a la guerra. Tenia dos fills, un de dos anys i un altre de pocs mesos, i va anar a viure a la casa de Simbad. Així, ella podria alletar Latifa i ell sortiria a pescar o a canviar algun producte de la cartilla de racionament per algun altre que necessitaven més. Ni tan sols podien beure aigua, que havia

*Un dia, quan Simbad va tornar
de fer uns encàrrecs, va trobar la seva dona
pàl·lida i defallida.*

quedat contaminada per l'urani, mentre els camperols es queixaven que els seus horts havien quedat estèrils, com ells mateixos. Les palmeres no donaven dàtils ni les figueres, figues. Aquest era el càstig per les malifetes del seu president. Tant de bo al seu país només hi hagués hagut fruits i horts, i mai s'hagués descobert el maleït petroli, pensava Simbad. Així potser els haurien deixat en pau!

La petita Latifa, fràgil i tendra, no va poder aguantar la malaltia i també va morir. Una llàgrima va lliscar galta avall per la cara de Simbad, que en poc temps s'havia fet vell. El muetzí des del minaret de la mesquita d'Iman Alí, cridava a la pregària. Simbad va alçar el cap i va mirar el cel.

Van passar deu anys des d'aquella guerra. Mentrestant, Simbad s'havia acostumat a la companyia de la seva nova muller, com ella a ell. El seu únic objectiu només era aconseguir menjar per a la seva família. Enrere havien quedat els dies de felicitat plena quan navegava mar enllà, lliure, comprant i venent, passant por a estones, però sempre obert a totes les possibilitats que li oferia la vida. Sovint enyorava la Zainab, que havia mort sense veure créixer Alí, aquell Alí a qui ell havia promès ensenyar a navegar, encara amb una immensa capacitat de ser feliç jugant amb altres nens al carrer ple de fang, enmig del clavegueram esventrat, o a l'escola, freda i trista. Alí, el seu futur.

Semblava que no podien passar més coses, però els nord-americans feia temps que amenaçaven amb una guerra. Molta gent no s'ho creia, però un dia que havia agafat el falutx per anar a pescar, va sentir el soroll d'avions. Va alçar el cap i es va adonar que no era com sempre. Aquest cop eren molts, i més grans. Li va venir immediatament la imatge de la seva dona i dels fills, a casa. Va engegar el motor de la barca i va tornar veloç cap a la ciutat, però no va poder arribar al port. Estava ocupat per centenars de vaixells i per soldats britànics, que eren pertot arreu. Va haver de girar cua i amarrar en un lloc proper, i, des d'allà, arribar a peu. Al passeig marítim, l'hotel Sheraton era envoltat de carros de combat i colles de gent desesperades entraven dins i s'emportaven tot el que podien davant la passivitat dels soldats. En pocs moments, el gegant de ciment i símbol del luxe iraquià, havia esdevingut una muntanya de runes.

Quan va arribar al seu barri, Simbad va veure una multitud de gent. No sabia què passava fins que no va aconseguir fer un forat entre la gent: casa seva i altres cases del veïnat havien estat destruïdes per un míssil. Va fer un crit esgarrifós i va córrer cap allà. Va poder entrar per una finestra i, fent-se pas entre les runes, va trobar els cossos de la seva dona i els seus fills, tots morts. Al costat de la dona, el cos d'Alí encara respirava. S'hi va tirar al damunt i el va abraçar plorant. Eren els darrers sospirs. El va alçar i va sortir al carrer. Es va adonar que la multitud de gent havia callat sobtadament. S'acostava una columna de carros de combat. La gent es va anar amagant i es va quedar sol amb el fill en braços. Simbad va començar a caminar en direcció als tancs, que el van envoltar en rotllana en una esplanada que hi havia al davant. Portava el cos d'Alí, un cos cobert de sang, el cos del seu fill estimat que havia de navegar pels mars d'Aràbia, conèixer nous països i nova gent, aprendre llengües, tenir aventures, estimar i riure... Caminava amb el seu fill cap als tancs, que cada vegada eren més a prop. No veia ni sentia ningú. No tenia llàgrimes. De sobte, els tancs es van aturar. Va arribar un cotxe de periodistes i van cridar els soldats:

—No el toqueu, no veieu que duu el seu fill mort? —i a continuació van disparar les seves càmeres.

Aquella fotografia va fer la volta al món. Llavors Simbad va ser conegut arreu i una organització humanitària el va convidar a anar a Amèrica i explicar què havia passat. Però ell, que anys enrere havia somiat a creuar l'oceà, s'hi va negar. Un periodista el va intentar convèncer:

—Si vas allà, sortiràs a les televisions i als diaris, podràs explicar el que ha passat, podràs dir el que vulguis, et faràs famós i potser t'hi podràs quedar a viure. Aquí no tens futur.

Però ell no hi veia ni hi sentia. El futur se li havia mort als braços.

Amèrica existia. Feia anys que n'havia sentit a parlar, prou que ho sabia. No cal anar a un lloc per creure que existeix. Ara, en tenia proves ben clares. Amèrica s'havia emportat la dona, la filla, el fill, la segona dona i els seus fills; s'havia emportat els amics i veïns, havia enverinat els enciams i tomàquets dels seus horts... Amèrica existia perquè feia anys que els havien atacat, a ells, a la gent dels pobles i dels camps i, després, havia promogut un embargament durant el qual moriren cinc mil nenes i nens menors de cinc anys cada mes. Ja sabia que Amèrica existia, n'hi havien donat proves suficients. No hi volia anar.

—Jo sóc d'aquí, de la ciutat que m'ha vist néixer i créixer, on he estat feliç, on vaig trobar l'amor. Aquesta és casa meva, esbotzada, contaminada i plena de fum. No tinc res: ni barca, ni casa, ni família, ni esperança. Ni tan sols em queden llàgrimes, però encara sóc una persona.

Simbad no tenia pistoles, ni míssils, ni bombes, ni fusells, ni —és clar— carros de combat, però tenia dues mans

Caminava amb el seu fill cap als tancs,
que cada vegada eren més a prop.
No veia ni sentia ningú.

i dues cames, i, encara, un cervell que podia pensar. Assegut davant aquelles aigües que tant havia estimat, va decidir que ningú trepitjaria la seva dignitat. Es va alçar. Duia una pedra a la mà, dins la butxaca. Caminava amb resolució, sense gens de por. Una pedra de la platja, rodona, modelada per l'aigua, que estrenyia ben fort. Bàssora era casa seva i ningú l'en faria fora. Aquella pedra li donava força mentre l'acaronava: representava el seu mar, la seva ciutat, la seva música i les seves mesquites. Representava la gent que més havia estimat. Cada vegada caminava més de pressa, aliè als trons i llampecs de guerra. Quan va arribar al centre de Bàssora, va semblar com si despertés: va girar el cap i va veure molts altres homes, dones i xicots, que, com ell, duien una pedra a la mà. Caminaven junts, sense dir-se res, amb determinació, amb el cap ben alt. Cada cop eren més i se sentien forts. Tenien el que calia per a vèncer: la raó. Podrien trigar, però ho aconseguirien.

Un dia, tornarien a navegar i a ser feliços.

El poble iraquià ja ha vençut.
Per això arrenquen els braços als seus nens:
si ja han vençut, que almenys no puguin
fer el signe de la victòria amb els dits.

Santiago Alba Rico

ALÍ BABÀ

ALÍ Babà s'havia casat amb una dona pobra, Morgana, i sempre havien tingut dificultats econòmiques. Alí anava al bosc a fer llenya i a agafar espàrrecs; també baixava dàtils de les palmeres i collia castanyes, quan n'era la temporada; tot plegat ho venia després al soc. El seu germà Kassim, en canvi, es va casar amb una dona rica; era comerciant i tenia una habilitat innata per fer créixer els diners. Comprava productes a un preu i els venia per un valor molt superior; no tenia gaires manies. Ho comprava tot de contraban a països fronterers —aliments, maquinària, petroli, medicaments, etc.— i ho distribuïa a través d'una xarxa de traficants. La seva única divisa eren els diners. L'ocupació nord-americana havia fet minvar el negoci, però, tanmateix, se'n sortia prou bé, venent als ocupants i a la resistència.

Un dia, mentre Alí Babà era al bosc, va veure com arribava una colla de vehicles tot terreny que feien molta polseguera; va tenir por i es va amagar dins d'una cova propera; si eren els nord-americans i l'enxampaven allà, ni que fos fent una cosa tan normal com tallar llenya, podria ser que el detinguessin.

Des d'una raconada obscura de la cova, aguantant-se la respiració perquè no el descobrissin, va poder veure com els soldats, que, en efecte, eren nord-americans, descarregaven caixes plenes d'armes i les amagaven en un dipòsit dissimulat dins la mateixa cova on era. Primer, es va estranyar, però després va pensar que segurament es tractava d'un dipòsit de reserva per si la resistència atacava la caserna i feia volar els magatzems d'armament. Eren molt llestos aquells nord-americans.

Quan van haver entrat totes les caixes, un dels soldats va introduir de nou un codi en un teclat dissimulat en la paret de la cova i la porta, tal com s'havia obert, es va tancar. Tot seguit, el soldat es va posar el bocí de paper on hi havia el codi apuntat a la butxaca. Ell era l'últim que quedava a la cova; abans d'abandonar-la, però, es va treure el mocador de la butxaca per eixugar-se la suor de la cara. Es va eixugar, va desar el mocador i va abandonar la cova sense adonar-se que, en treure'l, el paperet amb el codi havia caigut a terra. Alí Babà, que no havia perdut de vista el soldat ni un moment, va esperar a sentir els motors dels cotxes allunyant-se per abandonar el seu amagatall i anar dret cap al bocí de paper. El va agafar i el va examinar. Era una combinació de deu números i lletres, que, tímidament, tal com havia vist fer, va marcar en el teclat de la paret. La porta es va obrir i davant la seva mirada astorada va veure desenes i desenes de caixes d'armament apilades.

—Per Al·là! Això es un veritable arsenal! —va murmurar. I de seguida va pensar a agafar alguna arma per

*Va poder veure com els soldats, que, en efecte,
eren nord-americans, descarregaven caixes plenes
d'armes i les amagaven en un dipòsit dissimulat
dins la mateixa cova on era.*

defensar la seva família. Al barri on vivien, dia sí dia també, escamots de soldats entraven per sorpresa a les cases, les regiraven i s'emportaven els seus habitants. Deien que buscaven terroristes. Pocs tornaven, i si ho feien, era en un estat tan lamentable, que més els hauria valgut haver mort, pensava la gent.

D'altra banda, era molt perillós tenir una arma a casa... No sabia ben bé què fer, però al final va poder més el desig de vetllar per la seguretat de la seva família i va acabar agafant un fusell semiautomàtic i un grapat de carregadors. A continuació, va introduir de nou el codi perquè la porta es tanqués i va tornar a casa seva.

Alí Babà estava molt excitat amb el seu descobriment i el va explicar a la dona. Entre tots dos van decidir d'amagar l'arma en un lloc secret de la casa, que, alhora, fos fàcilment accessible per si els soldats els sorprenien de nit. Mentre en parlaven, no es van adonar que l'Ahmed, el fill petit, era a la cambra del costat i els sentia.

L'endemà, l'Ahmed, que cada tarda anava a jugar amb el seu cosí a casa de l'oncle Kassim, va dir:

—Ara ja no ens pot passar res, oncle Kassim, perquè el pare té una arma molt bona que es va trobar en una cova, i si els soldats vénen de nit per fer-nos mal, els matarem!

Quan Kassim va sentir això, va obrir els ulls com dues taronges. Les armes sempre eren un bon negoci! Havia de saber d'on havia tret l'arma el seu germà.

Aquell vespre mateix, Kassim va anar a veure Alí Babà i li va preguntar per l'arma i com l'havia obtingut. Alí Babà li va explicar el seu descobriment. Aleshores, Kassim, tocat per la cobdícia, va proposar-li agafar totes les armes i vendre-les als que paguessin millor, dins del país o a fora.

—A l'Afganistan ens donarien una fortuna, per les armes —va dir, entusiasmat.

—Però, ets boig o què? És molt perillós, això que proposes. Què creus que faran els nord-americans quan vegin la cova buida?

—Quan se n'adonin, serem rics i estarem lluny d'aquí.

Els dos germans van estar discutint una bona estona, fins que Kassim va amenaçar Alí Babà que, si no accedia al seu desig de fer negoci amb les armes, el denunciaria als nord-americans. Alí Babà va pensar que aquell germà, com d'altres vegades ja li havia demostrat, s'estimava més els diners que a ell. Com podia haver-hi persones tan mesquines al món? Tots dos havien nascut de la mateixa mare, havien begut la mateixa llet i anat a la mateixa escola... Com podien ser tan diferents?

—No t'adones que si t'ho permeto fer, no tan sols ens posem en perill nosaltres, sinó que posem en perill les nostres famílies? No t'importa la teva família? —va dir Alí Babà.

Kassim, furiós per la tossuderia del seu germà, se li va acostar i el va agafar pel coll.

—Tinc al davant la possibilitat de fer el negoci més gran de la meva vida i tu no m'ho impediràs. O em dius on és aquesta cova o, com em dic Kassim, quan surti d'aquesta casa me'n vaig directament al quarter dels nord-americans.

Un calfred va recórrer l'espinada d'Alí Babà. Sí que era capaç, el seu germà era capaç d'allò i de molt més. Aleshores, li va explicar on hi havia el dipòsit d'armes i li va donar el paper amb el codi per entrar-hi i sortir-ne. Que fes el que volgués, però ell no en volia saber res més, ni d'ell ni de les armes.

L'endemà al matí, Kassim va agafar la camioneta i va anar a la cova. Impacient, va marcar el codi secret, la porta es va obrir i va entrar al dipòsit d'armes. Perquè ningú no el veiés mentre examinava el que hi havia allí dins, va marcar el codi en el teclat interior i la porta es va tancar de nou. Per les barbes del Profeta! Quan va veure tot el que aquella pila de caixes contenia, es va entusiasmar. Allò, venut al mercat negre, valia una fortuna! Ara sí que es faria ric per sempre. I, quan ho hagués venut tot, agafaria la família i marxaria a un altre país. Llavors, que el busquessin, els nord-americans. Estava fart de tants anys de penúries i de guerres. Anirien a un lloc on un home de negocis com ell fos ben considerat i tingués oportunitats. Un país emergent. La Xina, per exemple. Hi havia tantes possibilitats al món!

Sense perdre temps, Kassim va separar unes quantes caixes, que va anar deixant vora la porta per carregar-les a la camioneta. Quan va arribar el moment de sortir de la cova, es va posar la mà a la butxaca per treure el paperet amb el codi. Però no el va trobar!

—On coi he posat el bocí de paper? —va murmurar, nerviós, mentre es remenava totes les butxaques—. Segur que m'ha caigut a terra mentre traginava les caixes. A veure, calma, calma, l'haig de trobar.

Va examinar cada pam de terreny per on havia passat, però no trobava el paperet. Busca que busca, va passar una bona estona, fins que, desesperat, va començar a provar codis que li sonaven: DX450MA789. Res. DZ450MA739. Res! JX450ME789. Res!! La porta no s'obria. Cada vegada estava més i més nerviós. Gras com era, suava com un porc a punt de ser degollat. «Sortirà, sortirà», es repetia per animar-se. Però no, la combinació bona no sortia. El cap li feia voltes i sentia un zumzeig que l'atordia. Al final, es va adonar que no era només el seu cap el que brunzia per dins, sinó que de fora li arribava també un brunzit..., com de motors... Sí, eren motors de cotxe que s'acostaven..., i s'aturaven!

Kassim, a qui, entre el remolí de pensaments del seu cervell espesseït per la por, li van venir a la memòria els advertiments del seu germà, només va tenir temps d'amagar-se rere unes caixes mentre es lamentava de la seva ambició. Precaució inútil, però, perquè els soldats, que havien descobert la seva camioneta a fora, no van trigar ni cinc minuts a trobar-lo.

Mentrestant, a casa seva, Fàtima, la seva dona, en veure que Kassim no tornava, va començar a patir. Sabia què havia anat a fer i, a mesura que passaven les hores, l'angúnia va anar en augment. Finalment, va recórrer a Alí Babà.

Quan es va fer fosc, Alí Babà va anar a la cova i va descobrir, a l'entrada, el cos del germà convertit en un munt de carn sangonosa, que algun gos salvatge ja havia començat a rosegar. La camioneta no hi era. El va recollir i, d'amagat, va tornar a casa amb el cos del mort. Què n'havia de fer, ara?

—No he gosat enterrar-lo allí mateix per por que els soldats tornessin —va dir a la seva dona—. D'altra banda, portar-lo a casa seva seria pitjor; la Fàtima es posaria a cridar i a plorar, i atrauria l'atenció de tot el veïnatge... Què en podem fer?

Morgana, que, a més de bonica, era molt llesta, de seguida va trobar una solució. Va proposar deixar el cos de Kassim amagat dins un sac al pati, sota una pila de mobles vells. Era hivern i el cos aguantaria bé. Fet això, va dir a Alí

Babà que anés a la policia i denunciés que havien robat la camioneta del seu germà.

—Si et pregunten per què no hi ha anat ell, a denunciar-ho, els dius que està molt malalt.

L'endemà ben d'hora, Morgana va anar a cal farmacèutic i li va dir:

—Em pots donar un remei per al meu cunyat Kassim, que es troba molt malament? L'hem hagut de portar a casa perquè la seva dona sola no se'n pot fer càrrec.

El farmacèutic li va donar medicaments pels mals de panxa i d'estómac, tal com li havia explicat la dona, i van deixar passar un dia. Al dia següent, va tornar a la farmàcia tot dient que el seu cunyat estava pitjor. Al tercer dia ja va dir que havia mort, i ningú no se'n va estranyar. Les morts eren corrents des de la invasió. En tot aquest temps, no havien deixat sortir la cunyada al carrer, perquè no es descobrís l'engany. Aleshores, la família de Kassim va anunciar que farien l'enterrament i tothom ho va veure normal. Un cos dins d'un taüt. Un sot al cementiri amb el cap apuntant cap a la Meca. Llàgrimes i plors. El condol d'amics i veïns. Uns quants dolços, per agrair-ho. El problema de com desfer-se del cos de Kassim havia estat solucionat. Però en quedava un altre.

Els nord-americans estaven intrigats i volien saber qui era l'individu que havien sorprès a l'interior de la cova. Com solia passar de vegades, els soldats, primer, havien disparat i, després, havien preguntat. I com que els trets van encertar de ple l'intrús, no va poder respondre cap de les preguntes que li volien fer. Qui era? Com havia entrat allí dins? Algú li havia passat el codi? I si era així, quants més el coneixien i qui eren?

*Un cos dins d'un taüt. Un sot al cementiri
amb el cap apuntant cap a la Meca.
Llàgrimes i plors.*

Per precaució, els nord-americans van treure les armes de la cova i les van traslladar a un altre amagatall. Després, van començar a investigar a partir de la camioneta.

En el caos administratiu de Bagdad, van trigar una setmana a saber que la camioneta era d'un comerciant anomenat Kassim, al qual havien enterrat feia tres dies a causa d'una malaltia.

—Si tan malalt estava, què feia la seva camioneta davant de la cova? —va preguntar l'inspector Fahad, de la policia iraquiana a Alí Babà.

—Precisament, l'hi havien robat aquell mateix vespre —va dir Alí Babà amb tota la tranquil·litat que va poder, i li va mostrar el comprovant de la denúncia del robatori.

Res a dir. Però l'inspector no va quedar convençut, li semblava tot molt sospitós. I així ho va manifestar als nord-americans.

No tenien cap prova que Alí Babà sabés res de la cova, i, a més, sabien que tampoc no participava dels negocis del seu germà. Però era sospitós i no volien córrer cap risc. Se'ls havia d'agafar, a ell i a la seva família, per interrogar-los.

Però com que Alí Babà era una persona molt coneguda i estimada al seu barri i la seva detenció podia ocasionar problemes, l'inspector Fahad va recomanar endur-se'ls d'amagat i sense fer gens de soroll. I els va proposar un pla que semblava tret d'un conte de *Les mil i una nits*.

—Oi que aquí hi ha molt comerç d'oli? Oi que heu vist que els comerciants, com que tenen tants problemes de falta de gasolina, han tornat al vell sistema dels rucs per transportar mercaderies? Oi que sí? —va començar l'inspector Fahad, que volia fer mèrits davant dels americans—. Doncs els meus homes i jo ens convertirem en comerciants d'oli i us portaré Alí Babà, la seva dona i els seus quatre fills al quarter sense que se n'adoni ningú.

Els nord-americans van riure de l'ocurrència de Fahad, però van acceptar. Si feia això que deia, Fahad tindria el subministrament de xocolata assegurat mentre ells fossin allí. I Fahad hi tenia una passió, per la xocolata!

L'inspector Fahad va comprar vuit gerres i les va carregar en quatre rucs fent veure que anaven plenes d'oli. Però, de fet, només eren plenes d'oli les dues primeres; a la resta de gerres, s'hi amagava un policia a dins.

La corrua va sortir de la comissaria, va travessar una bona part de la ciutat i va arribar davant de la casa d'Alí Babà. El sol s'havia amagat entre les muntanyes i començava a fer fred de debò. L'inspector Fahad, disfressat de venedor d'oli, va trucar a la porta i va explicar a Alí Babà que era un vell amic del seu germà Kassim, que es coneixien de fer negocis; havia anat a casa d'ell, però abans de trucar, uns veïns l'havien informat que Kassim havia mort i la seva família estava molt trasbalsada. Per això li demanava allotjament a ell per aquella nit; no volia molestar la família del difunt. Se li havia fet tard i l'endemà havia de continuar el seu camí cap a Kazimiya a vendre l'oli.

—No em refio de la policia, saps? —li va dir Fahad per acabar-lo de convèncer—. Si deixo els rucs al carrer tinc por que em requisin la mercaderia. Ja saps el que costa trobar oli avui dia. I per a mi ho representa tot. La meva dona i els meus set fills m'esperen a casa amb el producte de la venda de l'oli. És el pa de tots, aquest oli —i per il·lustrar les seves paraules, va posar la mesura de l'oli dins d'una de les gerres del primer ruc i la va treure plena a vessar—. Com a pagament per la teva hospitalitat t'ompliré la gerra de la cuina.

Amb aquest darrer argument, Alí Babà va quedar convençut de la conveniència d'acollir el mercader a casa seva. El va fer passar al pati i li va indicar que podia deixar els rucs a l'estable; quan els animals van estar instal·lats, el va convidar a entrar a la casa.

—Oh, no, no, no vull molestar. Prefereixo quedar-me aquí, a l'estable, amb els ases. No us preocupeu per mi. Estic molt cansat i m'adormiré de seguida.

Alí Babà va estranyar-se que l'home rebutgés la seva hospitalitat, però no va insistir gaire; va pensar que potser volia descansar al costat de la seva preuada mercaderia i vetllar-la.

Quan va entrar a casa, Alí Babà ho va explicar a Morgana, que estava cuinant. La dona es va mostrar conforme amb la decisió del marit d'acollir el mercader.

—Quan acabi li baixaré una mica de brou.

Després de prohibir als seus fill anar a l'estable a molestar el mercader, Alí Babà va sortir a fer un encàrrec.

—No triguis gaire, que gairebé ja tinc el sopar llest —li va dir la dona, quan l'home sortia.

I continuà amb les cassoles. Després de colar el brou, va omplir-ne un bol i va anar a oferir-li al mercader. Però quan era a prop de la porta, va sentir remor de veus. Molt a poc a poc, s'hi va acostar.

—Esperarem que tothom dormi per actuar —va sentir que murmurava una veu d'home.

—Però és que s'està molt incòmode dins de les gerres, inspector —es va queixar un dels policies amagats.

—Xssst! Silenci! Que voleu que ens descobreixin?

Amb això, Morgana ja en va tenir prou per saber què estava passant. Aquell home no era un mercader, sinó algú

*La corrua va sortir de la comissaria, va travessar
una bona part de la ciutat i va arribar davant
de la casa d'Alí Babà.*

que es proposava agafar-los durant la nit. Que Al·là tingués pietat d'ells! Què podien fer? La situació li va recordar el famós conte dels quaranta lladres amagats dins d'unes gerres.

—Doncs faré el mateix que feia la protagonista del conte! Faré valer l'astúcia! —va dir ella, recuperada de l'ensurt inicial.

Silenciosament, va tornar a la cuina i, en lloc d'un bol de brou, va preparar una gran safata de menjar; hi va posar tot el que havia cuinat per sopar la família aquell vespre. Tot seguit, va anar a buscar un narcòtic a base d'opi que, en petitíssimes dosis, feia servir com a remei casolà per a l'insomni i els dolors, i el va abocar tot en el menjar. Amb aquest esplèndid àpat va baixar a l'estable. Abans d'entrar va cridar perquè la sentissin arribar.

—Senyor mercader! Li porto una mica de sopar. Que puc passar?

Va sentir moviments apressats dins de l'estable. Les guineus tornaven als seus amagatalls.

—Sí, un moment..., un moment que em vesteixo...

Era una excusa, és clar. Qui es despullaria per dormir en un estable fred com una nevera?

—Ja podeu passar —va dir, finalment, el presumpte mercader.

Morgana va entrar amb la safata a les mans. Quan va veure el que li oferia, l'inspector Fahad va quedar impressionat de l'hospitalitat d'aquella gent.

—On va a parar, dona, amb tant de menjar. Si n'hi ha per a un regiment.

—El meu marit m'ha dit que esteu molt cansat i que demà heu d'anar a vendre al mercat de Kazimiya, que és a vint quilòmetres d'aquí. Cal que reposeu forces.

*I per tal de no quedar com un beneit i que
els nord-americans s'oblidessin d'Alí Babà
i la seva família, els va dir que a l'últim moment
es van complicar les coses i els van haver de matar tots.*

—Però això és excessiu.

—A casa nostra ens agrada tractar els convidats com si fossin prínceps. El seu agraïment ens honora. No heu de deixar res o ens ofendreu.

—Res més lluny del meu propòsit que ofendre-us —va dir l'impostor amb un cert remordiment.

—Mengeu a gust i dormiu tranquil. Demà ja vindré a recollir els plats i la safata.

Morgana va sortir i va tancar la porta de l'estable, pregant perquè els seus càlculs es complissin.

Quan Alí Babà va arribar, li va explicar el que havia descobert i el que havia fet. Si tot sortia com havia previst, el fals mercader compartiria el menjar amb els seus homes i, al cap de poca estona, tots caurien en un son profund que els permetria fugir.

I així va ser. Efectivament, l'inspector Fahad va compartir l'abundós sopar amb els seus homes, tal com s'havia imaginat Morgana, i es van quedar tan profundament adormits que no van sentir cap dels preparatius per a la fuga, que va tenir la valuosa assistència de quatre soferts rucs per transportar tot el parament de la casa. De nou, l'enginy de Morgana va salvar la família d'una situació delicada.

L'endemà, quan l'inspector Fahad i els seus homes es van despertar, es van trobar la casa buida i una nota que els deia: «Bon profit!».

L'inspector, en veure's burlat, es va enrabiar de mala manera. Però a mesura que hi pensava, s'anava calmant i anava considerant el valor i la intel·ligència de la dona. Fins que va arribar un moment que la situació li va fer gràcia. Se'l mereixia, aquell escarment; per voler perjudicar

*La fuga va tenir la valuosa assistència
de quatre soferts rucs per transportar
tot el parament de la casa.*

una pobra gent. I per tal de no quedar com un beneit i que els nord-americans s'oblidessin d'Alí Babà i la seva família, els va dir que a l'últim moment es van complicar les coses i els van haver de matar tots; ara, ho van fer amb tanta discreció que al barri ningú es va adonar de res.

Després d'aquesta mentida, compartida amb els seus homes, que tampoc no volien quedar com uns babaus, l'inspector Fahad va tranquil·litzar la seva consciència i va quedar prou satisfet. Això sí, sense la xocolata. «Matar-los no havia estat el tracte», li van dir els nord-americans. «Causa de força major», va respondre ell, tal com els havia sentit dir moltes vegades.

Va passar el temps. Alí i Morgana s'havien fet grans i vivien pobrament, però tranquils, a Jordània. Quan la mort els anés a buscar, els trobaria en pau amb si mateixos, perquè havien acomplert tots els preceptes de la seva religió, procurant no fer mal a ningú i ajudant els necessitats.

ALADÍ
I LA LLÀNTIA MERAVELLOSA

A LADÍ era un noi de família senzilla, tenia dotze anys i
moltes ganes de viure; el pare havia mort a la guer-
ra i la mare cosia roba per a un sastre. Vivien al barri de
Rusafa, a la part antiga de Bagdad, molt a prop del riu Ti-
gris. L'escola on anava era vella i freda. Les parets eren
nues, excepte un gran retrat del president; hi havia algun
vidre trencat de feia mesos, que ningú no canviava. La
mestra que tenia era una dona gran i grassa, que no els
renyava gaire malgrat les entremaliadures que feien sovint.
Aquella dona sempre tenia aspecte de cansada i ni ell i ni
els seus companys no ho entenien; amb les ganes de cór-
rer i saltar que tenien ells! Però de tant en tant, algun
company deixava d'anar a escola un dia i ja no hi torna-
va; llavors, sense tenir una consciència clara del succés,
s'aturaven els jocs i les mirades s'entenebrien. Ell pregun-
tava a la mare per què de sobte un nen deixava d'anar a
classe, i sempre obtenia la mateixa resposta: «Ha mort de
fam, de por o de tristesa». Aladí estava uns dies callat i

tristoi, però no li durava gaire, i, al final, recuperava les ganes de jugar.

De vegades, quan sortien de l'escola, una colla de nens anaven fins a Mustansiriya, que en temps dels abbàssides, l'antiga dinastia de califes instal·lada a Bagdad, havia estat una universitat molt important on s'ensenyava el més avançat en astronomia, farmàcia i medicina. Es colaven al pati central i tafanejaven per les finestres de les aules.

Moltes tardes, Aladí i els seus amics pujaven dalt dels terrats de la madrassa i es passaven llargues estones contemplant el riu. El Tigris dividia la ciutat i hi havia deu ponts per creuar-lo d'una banda a l'altra, sempre plens de cotxes, camions, bicicletes i carros. Les guerres els havien destruït i els habitants de Bagdad, tossuts, els havien reconstruït una i altra vegada. Des d'allà, la posta de sol tenyia de roig encès les teulades de les cases i els minarets de les mesquites. Alguna nit se'ls feia fosc sense que se n'adonessin; tornaven a casa a tres quarts de quinze i trobaven les seves mares amb les cares llargues per haver arribat tan tard.

—Ja t'he dit mil vegades que no vull que rondeu pels carrers fins a aquesta hora! —cridava la mare d'Aladí, mentre ell abaixava els ulls, penedit.

Al marge de les hores que passava a l'escola, a Aladí li encantava anar al soc proper, on mirava d'omplir-se les mans de fruites i verdures sobrants. I sempre es quedava embadalit guaitant com un ferrer forjava una peça, un sabater adobava una sabata o un escrivà escrivia una carta per a una persona que no ho sabia fer. Ell volia aprendre molt a escola per poder escriure les cartes que volgués.

Als vespres, després d'un auster sopar amb la mare, Aladí sortia cap a la riba del Tigris i passejava tot obser-

*L'escola on anava era vella i freda. Les parets eren nues,
excepte un gran retrat del president; hi havia algun vidre
trencat de feia mesos, que ningú no canviava*

vant els restaurants que feien els peixos a la brasa, oberts i travessats amb un pal, com sempre s'havia fet allà. Anava pel carrer d'Abu Nuwas, des del pont de Jumjouriya fins al del 14 de juliol; aquests eren els noms dels temps de Saddam, i així els continuaven anomenant. No menjava, però olorar s'havia convertit en un plaer extraordinari; obria bé els narius, aspirava a fons, deixava que les olors penetressin pel nas ben endins, gairebé fins a l'estómac..., i se sentia feliç. Després, caminava fins a l'embarcador, on hi havia el monument a Xahrazad, l'heroïna dels contes de *Les mil i una nits*.

Un vespre, molt a prop de l'aigua, mentre observava un pescador, es va adonar que hi havia un objecte que brillava. S'hi va acostar amb prudència, el va agafar i, quan el va tenir a la mà, va veure que era una llàntia. No era gaire gran i semblava de coure. Aleshores, va recordar el conte que la mare li explicava de petit perquè s'adormís. «Ara no hi ha genis!», es va dir Aladí. Però no es va poder estar de fregar la llàntia; primer, suaument, i, després, amb més força. «Si més no, la faré més lluent abans de dur-la a casa i regalar-la a la mare», va pensar. Però es va endur l'ensurt més gran de la seva vida quan, de sobte, la llàntia, deixant anar una brogit interior, com d'aigua que bull, es va començar a escalfar i a desprendre un fum intens, fins que, finalment, en va sorgir un geni. Allò no podia ser, només passava als contes! Aladí es va fregar els ulls, es va pessigar les galtes per assegurar-se que estava despert i va observar, astorat, el geni, que continuava assegut davant seu.

—Amo meu —li digué aquella estranya figura tot inclinant el cap—, t'agraeixo que m'hagis tret de les tene-

*Aladí es va fregar els ulls, es va pessigar les galtes
per assegurar-se que estava despert i va observar, astorat,
el geni, que continuava assegut davant seu.*

bres. Feia centenars d'anys que ningú no em treia de dins la llàntia!

—Ets un geni de debò o estic somiant? —li va preguntar Aladí, encara una mica espantat.

—No —li va respondre el geni—, no és cap somni. Els genis existim des del principi del món i existirem sempre. La nostra tasca és servir els nostres amos.

—Servir-me? —va fer Aladí, incrèdul—. Com em pots servir?

Aleshores, el geni li va explicar que podia concedir tres desitjos, però que no demanés coses gaire importants, perquè ell no era un geni de primera categoria.

—Què vol dir que no ets de primera categoria?

—Doncs és molt fàcil. Com al futbol, que hi ha equips de primera, de segona i de tercera categoria, en el món dels genis és igual: hi ha genis de diferents categories. Si a partir dels desigs dels nostres amos aportem coses importants al benestar del món, pugem de categoria.

—I qui ho decideix, això?

—El Consell de Notables Genials.

Com més coses sentia Aladí, més sorprès estava. No, no podia ser veritat tot allò. Encara que, i si ho fos? La millor manera de comprovar-ho era passar a la pràctica.

—Si jo ara et demano una cosa, me la pots concedir?

—Si és petiteta...

—Com de petiteta?

—Doncs..., et diré coses que no em pots demanar perquè ho entenguis. Jo no tinc poder sobre les vides i les morts de les persones, ni et puc traslladar a un altre lloc, ni fer-te ric, ni eliminar un assassí o evitar una guerra...

Aladí es va encongir d'espatlles i li va preguntar:

—Aleshores, què pots fer?

El geni va dir que podia concedir-li molts favors sense que fossin coses tan extraordinàries. I li va recomanar que pensés en la seva vida diària, el que feia ell, la seva mare, els companys... Aleshores, Aladí va tenir clar de seguida què li demanaria.

—Em podria cruspir un peix com aquells que s'està menjant aquella gent d'allà? —va preguntar, tot assenyalant un restaurant proper.

—I tant!

No havia acabat de pronunciar aquestes paraules, que Aladí es va trobar al davant d'una gran safata amb una carpa acabada de coure, oberta pel mig, assaonada amb sal i espècies, que feia una olor deliciosa.

—Ostres! —va exclamar. I sense esperar més, va començar a devorar-la.

Quan ja feia una estona que menjava, vigilant bé de no cremar-se els dits, va respirar profundament i va pensar que la resta del peix la guardaria per a la seva mare. De fet, tenia la panxa molt plena. Va alçar el cap i va mirar el geni, que somreia satisfet al seu costat.

—I si et demano una altra cosa, me la podràs concedir?

Llavors el geni li va explicar com funcionava el Reglament General de les Concessions de Desigs. Podia demanar tres desigs, com sempre havia estat.

—O és que no has llegit mai cap conte? —li recriminà. Ho podia fer de cop, o pam a pam. Ara bé, la concessió de desigs no era permanent; és a dir, un cop satisfets els tres primers, no en podia tornar a demanar cap més fins passats tres mesos. Calia carregar de nou les bateries!

Aladí era un nen prudent i va preferir rumiar bé quins serien els dos desigs següents. Li va dir al geni que de moment estava servit i aquest va retornar a la llàntia. El nen va anar a casa amb aquest objecte preuat en una mà i el mig peix a l'altra. La mare, quan va veure aquella magnífica mitja carpa encara calentona, es va posar molt contenta. El fill li va dir que la hi havien regalat en un restaurant, i la dona s'ho va creure. No li volia explicar que era el fruit de la llàntia, perquè això seria el seu secret.

Aquella nit, Aladí gairebé no va poder dormir. L'endemà, a l'escola, ho va explicar al seu millor amic, en Jamil, un nen que havia vist com moria, primer, una germana gran a conseqüència de l'explosió d'una bomba quan tornava de l'escola, i, després, un germà que havia anat a jugar a futbol amb uns amics i ja no va tornar; ara era la seva mare la que estava malalta. Per tal que ell i un altre germanet poguessin tirar endavant, la dona havia estat menjant tan poc, que quan va agafar la grip, es va posar molt malament. Per això, en Jamil va preguntar a Aladí:

—Tu creus que aquest geni podria aconseguir unes quantes medecines per a la meva mare?

Aladí ho va tenir clar de seguida. Aquesta era una bona raó per demanar el segon desig. De manera que, quan van sortir de l'escola, van córrer cap a un racó allunyat del riu, Aladí va fregar la llàntia i el geni va tornar a sortir. Aleshores, li va demanar antibiòtics per a la mare d'en Jamil.

—Oh, antibiòtics, antibiòtics —protestà el geni—. Vosaltres us penseu que és molt fàcil, això. Però jo no us puc fer aparèixer un camió d'antibiòtics. Van escassos, fins i tot per als genis.

—Quants ens en podries donar? —va suplicar Jamil.

—Màxim per desig, cinc capses.

Els dos amics es van mirar, ho van aprovar amb un gest i Aladí només va pronunciar una paraula:

—Fet!

I allà mateix, damunt d'una pedra plana, van aparèixer cinc capses grans d'antibiòtics. En Jamil les va agafar ràpidament, va abraçar Aladí, i va córrer cap a casa seva.

El tercer desig va ser una màquina de cosir per a la seva mare. Ara ja sabia que fins que no passessin tres mesos no podria demanar res més. La mare, amb la màquina de cosir, va poder fer més ben feta la feina i més de pressa. Però el millor de tot va ser que, amb els medicaments, la mare d'en Jamil va poder guarir-se, encara que no del tot.

Al cap de tres mesos, Aladí va tornar a fer les peticions. Conscient dels límits, demanava coses tan normals com una caixa de fruita, roba, més medicaments per a la mare d'en Jamil o per a algun veí que en necessités i llaunes de gasolina que, després, revenia en algun semàfor.

Van anar passant els dies i els mesos; però sortir al carrer continuava sent un risc. En qualsevol cantonada, mesquita, mercat o, fins i tot, davant d'una escola, podia esclatar una bomba. A Bagdad, demà era una paraula que desconeixien; la gent vivia només l'instant.

Els nord-americans van dir que envaïen el país per derrocar el dictador, però es van quedar i van ocupar-lo. Hi havia hagut eleccions, però la violència no s'havia pas aturat. Ara sí que els amics de Bin Laden s'ho passaven bé posant bombes a tort i a dret! En lloc de millorar, tot va ser pitjor que abans, perquè a part dels soldats estrangers, hi havia l'exèrcit iraquià, i, a més, els escamots, que no se sabia d'on sortien, que mataven i feien desaparèixer gent.

Aladí havia vist com molts dels seus amics i de les seves amigues de l'escola havien quedat orfes per la mort o desaparició de la família; aleshores, com que no tenien de què viure, queien a mans de bandes criminals, que els explotaven i els maltractaven. Algun vespre s'havia trobat una veïna òrfena de la seva edat esnifant cola al costat d'un semàfor i li havia fet molta llàstima. Per això, la següent petició al geni va ser que ajudés aquella nena.

De la vintena d'alumnes de la seva classe, de vegades només n'hi anaven dos o tres. Un dia, quan sortia de l'escola, va veure com s'aturava un cotxe, com en sortien quatre homes i com s'emportaven una nena, la Jadija; només tenia deu anys i els seus pares van haver de vendre's la casa i el cotxe per pagar el rescat del seu segrest.

Quatre vegades a l'any, Aladí feia les peticions al geni. Ja s'havia acostumat a programar-ho molt bé i rumiava molt i molt el que demanaria. Així van passar uns quants anys. A Bagdad havien mort molts nens i nenes, primer, per l'embargament, mentre el dictador seguia ben alimentat als seus palaus; després, per la invasió i la posterior ocupació anglo-americana. Aladí pensava que tant era qui manés, un tirà amb galons de general, un monarca amb corona o un civil amb el beneplàcit dels ocupants, que les coses continuarien igual de malament. Alguna vegada havia pensat que Al·là era de vacances en algun lloc del món occidental, perquè allò no era just.

Finalment, amb l'ajuda del geni i els seus petits favors, Aladí va aconseguir entrar a la Universitat, que no era res comparada amb l'esplendor del passat. Ara, l'assassinat de professors era constant i les condicions d'estudi, precàries. Tanmateix, Aladí es va esforçar fins a ser un dels millors

*La mare, amb là màquina de cosir,
va poder fer més ben feta la feina i més de pressa.*

estudiants de dret. En Jamil també s'havia fet gran; la seva mare i els seus germans s'havien salvat gràcies als medicaments que el geni els havia anat proporcionant i ara treballava a les oficines d'una caserna militar propera a l'aeroport de Bagdad. Certament, no era una feina que li agradés gaire, però els estudis no li havien anat bé i havia hagut d'acceptar el primer que va trobar. «I encara he estat de sort», deia, resignat, «perquè hi ha molta gent aturada». N'havia parlat molt amb Aladí, abans de decidir-se. L'amic no ho veia amb bons ulls, però reconeixia que viure era molt difícil i calia treballar en allò que fos. Alguns coneguts acusaven en Jamil de traïdor, de col·laborar amb l'invasor, però ell els replicava que si aquella gent eren els amos de tot, treballés on treballés es trobaria en la mateixa situació. I d'alguna manera s'havia de guanyar el pa, no?

Malgrat ser ocupada majoritàriament per tropes iraquianes, a la caserna encara hi havia un batalló de militars nord-americans, que, de fet, eren els que la dirigien. De vegades, Aladí anava a buscar en Jamil a la feina i, junts, feien un tomb per les ribes del Tigris, com quan eren petits. Un dia, mentre l'esperava una mica allunyat de l'entrada, va veure com sortia un jeep conduït per una soldat nord-americana. El cotxe es va aturar un moment per agafar la carretera principal i la va poder observar perfectament: era una noia jove, de rostre rodó i bru, i ulls molt grossos. Ella es va adonar que l'observaven i també el va mirar. Llavors, en lloc de topar amb l'habitual mirada superba i altiva dels ocupants, Aladí es va trobar una mirada noble i tendra, que li va tocar el cor. Tant el va impressionar que, quan va arribar el seu amic, no va parar de fer-li preguntes: «qui és, com es diu, què fa, d'on és, surt cada dia, a quina hora?».

—Massa preguntes per no tenir cap resposta —li va dir en Jamil, que no sabia res de la noia.

Des d'aquell dia, Aladí no es va poder treure del cap aquella noia. Un dia, a classe, va confessar el seu enamorament a un company, que es va escandalitzar.

—T'has enamorat d'una nord-americana? Com pots fer una cosa així? Si aquesta gent no tenen cor, són uns assassins; que t'has oblidat del que han fet als nostres pares i a nosaltres mateixos?

Aquell xicot formava part de la resistència i Aladí pensava que devia tenir raó, però no podia deixar de pensar en la noia nord-americana. N'estava bojament enamorat. «Algun nord-americà bo hi deu haver», es deia.

En Jamil es va convertir en el seu «cupido» i li donava informació. Ja sabia que la noia es deia Susan, que era òrfena i que havia anat a viure a Estats Units des de Mèxic; era, el que en deien, una «hispana», i no estava casada.

—Què més. Digue'm més coses d'ella —demanava Aladí, que tot li semblava poc—. I si li fessis arribar una nota meva?

I així ho va fer. Com a presentació, es va limitar a enviar-li una traducció a l'anglès d'uns versos del poema *El cant de la pluja,* del poeta Al Jayyab. Mentre esperava una resposta, el món es va aturar i les hores se li feien eternes. A penes menjava i el seu rendiment a classe va baixar. Estava ben enamorat! Però els dies passaven i no li arribava cap paraula de la seva estimada. De manera que, ansiós, va fer sortir el geni de la llàntia i va demanar la seva intercessió.

—Qui et penses que sóc? Un agent matrimonial? Jo no caso gent!— li va replicar el geni, enutjat davant la seva sol·licitud.

—Però alguna cosa hauràs de poder fer perquè ella em faci cas.

—Només et donaré un consell. Insisteix amb la poesia. A les dones, els agraden els versos, encara que siguin soldats.

Aladí va seguir el consell del geni, i, quan feia vuit dies, amb les seves vuit nits, que escrivia un poema diari a la seva enamorada sense obtenir-ne resposta, en Jamil va sortir de la feina amb un somriure que li anava d'orella a orella.

—Avui m'ha preguntat qui ets, de què la coneixes, de què ens coneixem tu i jo i quina feina fas.

—I tu què li has dit?

—T'he posat pels núvols.

Aladí estava extasiat. En Jamil havia parlat d'ell a la Susan i deia que la noia l'havia escoltat atentament.

—Llavors, li he preguntat si et volia escriure alguna cosa i m'ha dit que s'ho rumiarà, que potser.

En un atac de felicitat, Aladí va fer un petó al seu amic per l'ocurrència i es posar a saltar i a ballar.

—Estàs ben boig. Però si només ha dit que s'ho rumiarà...

—Amb això ja en tinc prou. Que pensi amb mi ja m'omple de goig.

Tanmateix, la Susan no s'ho va rumiar gaire i, l'endemà, en Jamil va portar la contestació. Era una carta on tan sols repetia les preguntes que havia fet a l'amic el dia abans. Aladí, de seguida que va arribar a casa, es va posar a escriure una llarga resposta en què li parlava de la seva família, dels estudis, de les il·lusions...

A partir d'aquell moment, la correspondència entre Aladí i la Susan es va anar fent més seguida, fins que va arribar un dia que van citar-se en un cafè de Bagdad. Aladí va escollir un lloc neutral, que no fos ple d'estrangers que el fessin sentir incòmode, ni tampoc que només hi hagués iraquians que miressin malament la Susan.

Aladí estava tan nerviós que mitja hora abans de l'hora que havien quedat, ja era assegut a la taula, amb un te al davant, fumant un narguil. Quan a la fi va aparèixer la Susan, li va semblar que el cel havia esclatat en una simfonia de colors meravellosos. Callaren totes les veus; s'aturaren tots els moviments. Allí només hi eren ella i ell. La noia duia un mocador al voltant del cap per passar inadvertida i no cridar l'atenció. Va seure al davant d'Aladí i, per primera vegada, ell la va mirar de prop: era de pell morena, amb la cara rodona i tenia uns ulls que semblaven parlar.

Primer, es van sentit tots dos una mica cohibits. De fet, per les cartes, sabien moltes coses l'un de l'altre, però era tan diferent tenir-se al davant... Ella li va explicar que havia dubtat fins a l'últim moment. No n'havia parlat amb cap company de la caserna perquè tenia por que no ho entenguessin i li causessin problemes. Fins i tot, no sabia ben bé si ella mateixa ho entenia. Ell, per la seva banda, també li va comentar que tenia por d'alguns companys seus, que no aprovarien de cap manera que parlés amb una nord-americana. Ell li va proposar anar a passejar per la riba del Tigris, i així ho van fer.

Caminant per allà, Aladí se sentia més segur; ningú els podia escoltar, veien el cel, els marges, ara deixats i bruts; però aquell era el seu territori. Aleshores es va animar i va començar a explicar-li les entremaliadures que feien de menuts pel riu.

—Una vegada en Jamil i jo vam posar d'amagat cúrcuma al te d'un amic que ens havia fet una mala jugada perquè la tradició diu que d'aquesta manera no li creixeria el bigoti. I, com deus haver pogut comprovar, als iraquians ens agrada molt portar bigoti.

Ella se l'escoltava atentament i somreia, però sense l'alegria que Aladí hauria volgut.

—Imagina't que li hagués quedat la cara de merda d'oca —reia Aladí, tot ensenyant les blanques dents, per veure si li arrencava una rialla.

Llavors, ella va explicar que se sentia molt sola; feia deu mesos que era allà i era l'única dona del batalló. Sovint els seus companys l'havien molestat i, fins i tot, en una ocasió, un d'ells va intentar abusar-ne. Tenia moltes ganes de tornar al seu país i fer una altra cosa.

—Per què et vas fer soldat, doncs?

—Perquè no tenia feina i necessitava treballar en alguna cosa. Fer-se soldat professional és un mitjà de vida. Els rics, els veuràs ben poc a l'exèrcit. Els que ens hi apuntem som els que no tenim gaires possibilitats professionals; ens pensem que això és una bona sortida..., i ens equivoquem. Cal ser d'una determinada manera perquè això t'agradi, i jo no ho sóc.

—I tu què sabies del meu país? —va preguntar Aladí.

—Doncs que estava governat per un dictador molt cruel, que s'havia aliat amb Bin Laden i que, junts, volien escampar el terrorisme per tot el món.

—Això no va anar així! —protestà ell.

Aleshores, Aladí va explicar-li que, certament, Saddam Hussein era un dictador cruel, però que mai s'havia aliat amb Bin Laden perquè pertanyien a ètnies i a corrents is-

—*El temps ha passat massa veloç.*
Ens tornarem a veure?

làmics molt diferents. Bin Laden provenia de l'Aràbia Saudita, un país amic dels nord-americans, i contra els quals s'havia girat per obscurs motius. Tampoc no era cert que Saddam Hussein tingués armes de destrucció massiva en el moment de declarar la guerra. N'havia tingut, sí, i la majoria havien estat comprades als nord-americans quan eren amics.

—En realitat, aquesta guerra només va tenir una raó: el control del petroli d'Iraq —acabà dient Aladí—. La pau? La pau els importava ben poc. Si no, mira com estem ara. Cada dia hi ha desenes de morts i el terrorisme ha augmentat. Ara sí que Bin Laden campa per les seves, per Iraq i pertot arreu.

La Susan no sabia res de tot allò; ella estava tancada a la caserna i sortia a patrullar quan li tocava. De vegades havia vist i sentit coses que no lligaven amb el que els havien dit els superiors: que anaven a salvar Iraq, que tot el món estava amb ells, que els iraquians els esperaven i els rebrien amb els braços oberts. Però passaven coses que la feien dubtar. I el dubte s'havia convertit en una mala consciència que la mortificava.

S'havia fet tard i la Susan havia de tornar a la caserna. Aladí la va mirar amb tendresa, i li va dir:

—El temps ha passat massa veloç. Ens tornarem a veure?

I es van tornar a veure. A través del seu carter personal, com la Susan anomenava en Jamil, van continuar passant-se cites. Les passejades per la riba del Tigris es van anar fent habituals. Sovint, però, la tristesa per la gent que havia mort en atemptats els omplia d'impotència. La Susan tenia molta por. Aladí emmudia; mirava amunt, li agafa-

*Un cel on potser arribaria un dia en què només
hi lluirien els estels i la lluna. Mai més avions.
Mai més bombes.*

va fort la mà i caminaven en silenci. Amb massa freqüèn-cia al cel es podia veure una columna de fum d'algun in-cendi provocat per una bomba.

Amb el coneixement va arribar el respecte; amb el res-pecte, la confiança, i amb la confiança, l'amor. La Susan també es va acabar enamorant d'aquell xicot tímid, senzill i intel·ligent, que li descobria l'altra cara de la realitat del seu país i la seva gent. I amb aquest descobriment, creixia la por i el rebuig cap als seus companys militars, amb qui gairebé no parlava al marge de la feina.

Un dia va arribar a la caserna la notícia que el batalló de la Susan seria rellevat. En saber-ho, Aladí li va propo-sar que es quedés. Ella, quan mirava el panorama desola-dor de Bagdad, tenia tremolors per tot el cos, però estima-va Aladí i, després de rumiar-ho molt, va acceptar quedar-se. Al seu país no l'esperava ningú. De fet, sempre s'havia sentit tractada com una estrangera. «Forastera per forastera, doncs, aquí tinc un home que m'estima», va pen-sar. I no va tornar a Estats Units.

La mare d'Aladí va acollir la Susan i la va estimar com a una filla. A partir d'aquell moment, la demanda perma-nent d'Aladí al geni, un cop cada tres mesos, era: «Ajuda'ns amb el que puguis!». Tampoc no en volia abusar. I el geni, content amb aquell amo tan poc exigent, que es confor-mava amb un parell de llibres, uns quants metres de tela o una dotzena de rodets de fil, sempre el satisfeia. Estava con-vençut que amb aquell xicot assenyat i bondadós, estava fent força punts per pujar de categoria.

Ja fos gràcies a l'ajut del geni o, potser, simplement, com a resultat de la seva perseverança, Aladí va acabar els estudis amb molt bones qualificacions. La Susan va aprendre a cosir en la vella màquina de la sogra i es va convertir en una excel·lent modista. Les penúries del país continuaven. Costava aixecar cap després de tanta devastació, però es tenien l'un a l'altre i això era l'important. Aladí va entendre més allò que en deien Amèrica del Nord, i la Susan també va entendre cada cop més allò que un dia va ser Mesopotàmia. Van tenir dos fills i una filla, i a les nits, pujaven tots plegats al terrat de casa seva i miraven el cel. Un cel on potser arribaria un dia en què només hi lluirien els estels i la lluna. Mai més avions. Mai més bombes. Mai més sang.

Llavors, potser el geni ja hauria acumulat prou puntuació i seria elevat a la categoria d'honor pels segles dels segles. I amb un geni de primera categoria, Aladí podia fer meravelles.

Fi

جلوريا أريمون

حكايات من بغداد

مجموعة "Ursa Maior"

حكايات من بغداد
الطبعة الأولى 2010
الطبعة الثانية، سبتمبر 2011
العنوان الأصلي: Contes de Bagdad

حقوق الطبع 2010، جلوريا أريمون فينتورا
حقوق الطبع 2010، علي بابا، جلوريا أريمون فينتورا ويوسف لورمان رويج
حقوق الطبع لهذا العدد: ICG Marge, SL
ترجمة إلى الإنجليزية: إفا كانيادا
ترجمة إلى العربية: فادي هديب
الرسوم التوضيحية للغلاف والداخل: هيلانة رويز
صورة الغلاف: جلوريا أريمون فينتورا

الناشر: Marge Books – شارع فالينثيا 558، الطابق العلوي 2 – 08026 برشالونا، اسبانيا
هاتف: 130 449 932-34+ فاكس: 865 310 932-34+ الموقع الألكتروني: www.marge.es

مدير النشر: ديفيد سولير
المحررين: هيكتور سولير، لورا ماتوس، آنا بالاثيوس
تحرير: ساندرا مارتينيز
شارك في التحرير: ليانه فيرلي
محرر الإنتاج: ميغيل آنجل رويج
محرر الهامش: مرسيدس لارا
طبع من قبل: Més Gran Serveis Gràfics i Digitals (سانتا كولوما دي ثيرفيلو)

جلوريا أريمون
بالتعاون مع يوسف لورمان

حكايات من بغداد

هذه العدد هو جزء من مشروع التعليم من أجل السلام:

MARGE
BOOKS

ملتزمون مع العالم (*Compromesos amb el món*) هي عبارة عن منظمة غير حكومية صغيرة، تأسست في عام 2007 في كاتالونيا. نقوم بدعم وتعزيز مشاريع التعاون الدولي. التعليم الهادف إلى السلام هو واحد من أهدافنا الرئيسية. نقدم هذا الكتاب إلى جميع المنظمات التي تعمل من أجل ذات الهدف.

للمعلومات والاتصال: www.compromesos.cat.

ملاحظة:

إذهب، إلى www.marge.es لجمع بعض المقترحات الموجهة للذين يرغبون في العمل على المشاكل التي يعيشها العراق، ولمناقشة العادات والتقاليد والقيم والتي تهدف إلى التعليم من أجل السلام.

الفهـــــرس

قيدوا بالسلاسل أمواج دجلة.
كيف سنحلم اليوم بالسفر؟
وإلى أية جزيرة سنذهب؟

سركون بولص "شاعر عراقي"

الحكايات التي سنعرضها في هذا الكتاب، تتركز على ثلاث شخصيات من حكايات ألف ليلة وليلة، وحكايات ألف ليلة وليلة لها أصول مختلفة.

فأقدم القصص أتت من الهند، والقصص من الأصل الفارسي تشكل مجموعة أخرى، وهناك مجموعة ثالثة، تشمل الحكايات ذو الطابع الاسلامي والتي أتت من العراق، وأخيراً، هناك مجموعة رابعة من الحكايات الموجودة في مصر.

هناك وثائق عديدة مكتوبة باللغة العربية منذ القرن التاسع. وفي العام 1704 نشر فرانسيس غالاند، أول مجلد مترجم، وهكذا وصلت هذه الوثائق إلى الشعوب الأوروبية بنجاح كبير. ولذلك قاموا بإدراج قصص جديدة في القرن التاسع عشر، مثل السندباد البحار، وفي وقت لاحق قاموا بإدراج بعض القصص الأخرى، والتي إنتشرت بشكل منفصل، مثل علي بابا والأربعين حرامي ومصباح علاء الدين السحري.

وتبدأ حكاية ألف ليلة وليلة عندما يكتشف حاكم بغداد؛ الملك شهريار، أن زوجته تقوم بخداعه مع رجل آخر. ومن شدة غضبه، يقرر، أن يجلب الى سريره كل يوم فتاة نبيلة عذراء، ويقوم بقتلها مع شروق الشمس. وتلعب شهرزاد إبنة أحد الوزراء، الشخصية الرئيسية للحكايات، وذلك عندما تعتزم إنهاء القتل اليومي للفتيات. ولذلك، تطلب لقاء الملك لتقص عليه في كل ليلة حكاية، ولا تنهيها حتى شروق الشمس، وبهذه الطريقة لن يقتلها الملك لأنه يريد معرفة نهاية القصة، ولذلك فعليه إنتظار حلول الليل لإكمال الإستماع. وتحوي الحكايات مواضيع شيقة ومختلفة، مثل: الحب، الروائع، المغامرات، المؤامرات وشجاعة الفرسان.

أما قصص السندباد وعلي بابا وعلاء الدين، فكانت عبارة عن إضافة للقصص القديمة، ونحن موجودون في العراق اليوم، لأن أرض هذا البلد تتزامن بجزء من الذي كان معروفاً في العصور القديمة بإسم بلاد ما بين النهرين؛ نهري دجلة والفرات، اللذان يصبان في الخليج الفارسي. ومنذ أكثر من 5500 عام، تم إختراع أحد أولى أشكال الكتابة في تلك البلاد.

وفي عام 1990 عندما هاجمت أمريكا وبريطانيا العراق، قامت بقصف المرافق الهامة وعلى رأسها مصانع الورق العراقية، وفرضت الأمم المتحدة حظر على التسويق الخارجي، وكانت الفنون التخطيطية والرسم والطباعة من بعض المنتجات العراقية المحظورة. وفي الوقت ذاته، حظرت إستخدام أقلام الرصاص للكتابة، مع الحجة القائلة بأنها تحتوي على مادة الجرافيت، التي يمكن أن تكون قابلة للاستخدام العسكري.

وعلى مر التاريخ، وفي جميع أنحاء العالم عاش الفتيان والفتيات بتجارب الحب والمغامرة، وذلك في أماكن مختلفة

جداً عن الأماكن التي نعيش فيها نحن. فكلنا نتشارك الرغبة في التعلم واللعب والمرح والحب.... فمنذ عدة سنوات يعيش الشباب العراقي حياة مختلفة عن التي نعيشها نحن، وذلك بسبب الحروب، وبسبب ذلك الدكتاتور أولاً، وثانياً بسبب الاحتلال الأمريكي للعراق.

خلال السنوات الأولى للإحتلال، قُتل مئات الآلاف من الناس، وكان الثلث من القاصرين، وتشرد العديد منهم وهاجر إلى خارج البلاد واحد من بين كل ثمانية أشخاص.

العاصمة بغداد، ليست متصلة بالبحر، ولذلك فإن المخرج الوحيد للخليج الفارسي يكون عن طريق البصرة؛ المدينة المتواجدة في الجنوب وبعد أن يكون قد إلتقى نهري دجلة والفرات معاً. وفي هذه المدينة وما قبل الإحتلال، كان هنالك تمثال في الشارع يمثل السندباد وهو يراقب البحر.

في بغداد، وفي ساحة كبيرة، هنالك عدد من التماثيل التي تمثل علي بابا والأربعين حرامي، وبعض الشخصيات الأسطورية الموجود في جميع أنحاء البلاد.

العام 2002 في البصرة، تعارفت على فتيين يعملان في تنظيف الأحذية، كانا يعملان في الصباح ويذهبان إلى المدرسة في المساء. وقالوا لي بأنهم سعداء. ومن على مسافة بعيدة، وبعد مرور زمن طويل، أتذكرهم في كثير من الأحيان، فضلاً عن المناظر الطبيعية للعراق، كالصحراء، الأراضي الخصبة، السواحل واطلال الحضارات القديمة... وخصوصاً نظرات الفتيان والفتيات في الطرقات.

كلنا نريد أن نعيش بسعادة مثل الشخصيات التي في القصص منذ عدة قرون. فأنا لا أستطيع ولا أريد أن أنسى ذالك اليوم، عندما أغمضت عيني وبدأت في تخيل الأبطال القدامى؛ السندباد، علي بابا وعلاء الدين... والملابس ومشاكل الشباب في العراق اليوم.

ومن هنا نشأت هذه القصص التي فيها تعيش نظرات منظفي الأحذية، ونظرات الأطفال وهم يلعبون في ساحات المساجد، والذين يدرسون في المدرسة أو الذين يرقدون في أسرّة المستشفيات.

وتمثل قصص ألف ليلة وليلة إنتصار الفن والثقافة على الهمجية، والتي أدت في نهاية المطاف وبعد ليال طوال من الإستماع للقصص، إلى أن يغفر الملك عن حياة شهرزاد، من خلال الكلمة، الكلمة التي تحولت الى حقيقة. ومن هنا، نتمنى أن تساعدنا **حكايات من بغداد** على فهم أن الكلمة والحق، هي الأسلحة الوحيدة التي يجب أن نستخدمها في الصراعات والنزاعات.

ما يحدث الآن في العراق ونشاهده تقريبا بشكل مباشر من خلال التلفاز، يجعلنا نخاطر على أن نعتاد على رؤية آلام الآخرين، وأن نكون في مأمن من المعاناة والموت.

نأمل أن تكون قراءة هذه القصص، مع التأمل والخيال، أن تساعدنا في استعادة الواقع.

وإلى جميع الشباب، يمكننا أن نغير الواقع، فكل شيء يعتمد علينا.

جلوريا أريمون

سندباد

المكان جميل جداً، حيث يوجد فيه نهري دجلة والفرات، وكما يقال أنها كانت الجنة على الأرض. تجري الماء في كل مكان تشكل الأنهار والجداول والقنوات والبحيرات. وهناك كانت أشجار الفاكهة بجميع أنواعها: المشمش والبرتقال والتفاح والكمثرى... وخاصة أشجار النخيل طويلة الجذوع، وقطوف التمر الحلوة معلقة على تاجها. ولم يفتقد هذا المكان الجميل من الحيوانات، فكان هناك: الطيور والخيول والحمير والماعز والأغنام والقطط والخفافيش... وفي هذه المنطقة حيث يلتقي النهرين كانت هناك بلدة صغيرة، تسمى القرنة، ومن هناك تشكل نهر شط العرب، وطوله مائة كيلومتر تقريباً بإتجاه الجنوب، ويصب في الخليج الفارسي. وهذا النهر عميق، بحيث يسمح بمرور السفن الكبيرة الآتية من البحر.

في العام 637، وبين قنوات المياه وبساتين النخيل، بنى أحد الخلفاء مدينة؛ البصرة: التي تقع في أسفل النهر، والتي سرعان ما سكنها الآلاف من الناس، وبالقرب من البحر قام ببناء ميناء: أم قصر، لترسوا فيها قوارب صيد السمك وسفن التنقل. وفي غضون سنوات قليلة، وصل هؤلاء الرجال إلى الصين، وأبحروا إلى ما وراء الحدود، إكتشفوا آفاق جديدة، وعوالم مختلفة الألوان والأذواق، نظرات ولغات وحب...

وبعد عدة قرون، سكن في البصرة شاب طويل القامة، داكن البشرة، إسمه سندباد، عيونه كبيرة ومستديرة وشعره أسود وأجعد. حامد، أحد أعمامه، بشرته جافة ومتجعدة لمرور السنين، وبدأت التجاعيد بالظهور عندما توفيت أمه أثناء الولادة في الابن الثاني. توفي والده قبل بضعة أشهر فقط، فقد أصيب بحمى شديدة، وفي غضون أسابيع قليلة غير المرض ذلك الرجل القوي المعافى إلى رجل هزيل من اللحم والجلد.

وكان يقضي سندباد يومه في الشارع، أولاً يلعب مع الأطفال، وبعد اللعب كان يذهب ويبحث عن لقمة العيش. وغالباً ما كان يذهب إلى النهر لإلقاء نظرة على الجزر الصغيرة وسط صخب المياه والسفن التجارية المارة. وكل مرة وعلى نحو متزايد، كانت تصل السفن من الخارج، بعضها ممتلئة ببضائع لم تكن موجودة عندهم، وأخرى على متنها رجال من مختلف الأجناس والألوان. ففي أحد الأيام وعندما أكمل سندباد الثالثة عشرة من عمره وعندما كان يشاهد الرجال الذين ينزلون من السفن، قرّر: "سأكون بحاراً". وهكذا كان. وعمه كان قد مات، وليس لديه أية مسؤولية للاعتناء بأحد. ففي السنوات الأولى عمل سندباد كمساعد على متن سفينة كبيرة، ولكن سرعان ما جمع ما يكفي من المال لشراء سفينة صغيرة يملكها، وهكذا لن يضطر للعمل عند أي مسؤول آخر. وفي وسط البحر، كان يشاهد تحليق طيور النورس؛ فإذا أتى فصل الشتاء كان يحرص على أن تلامس الشمس وجهه وذراعيه؛ وإذا أتى فصل الصيف؛ كان يحرص على أن يحمي جسده تحت مظلة من شدة الحر. وفي وسط البحر، كان سعيداً. أحياناً كان يشعر بوحده وأحياناً بأن لديه رفقه. فيضع الطُعم في الصنارة آملاً أن يصطاد سمكة، فلم يكن في عجلة من أمره كما لو أن الوقت قد توقف.

في السنوات الأولى أبحر سندباد على متن سفينة، والتي كان يعمل عليها كمساعد.

كان سندباد شاب نشيط، يصحوا باكراً في كل يوم، وكان يبدو عليه أنه من السهل جداً الذهاب لصيد السمك كل يوم. فلم يتوقف يوماً عن النظر الى الأفق، وفي المساء، وعندما كان يصل الى كوخه، كان يعد النقود التي جمعها من بيع السمك. وفي كل ليلة كان يفكر في عدد السنين التي سيعمل بها من أجل جمع مبلغ كبير من المال، ليمكنه من شراء سفينة جيدة، والتي من شأنها أن تسمح له على المضي قدماً. ومعظم الفتيان في عمره؛ الذين يعيشون مع أسرهم، كانوا ينتظرون أن يختار لهم والديهم الفتاة التي سيتزوجوا بها، لكن سندباد لم يكن مستعجلاً. فكان من الواضح أنه معجب بالفتيات، ولكن... أراد أن يؤجل الأمر لوقت لاحق، لأنه كان مقتنع تماماً، أن لديه أمور أهم للقيام بها في الوقت الحالي.

وفي ليلة هادئة، خرج سندباد إلى الشارع، وعكست قناة الماء التي تمر من أمام بيته ضوء القمر المستدير، وعنما كان ينظر إليه كان يعتقد أن القمر يغامزه. أحب سندباد كل شيء من حوله، فكان يشعر هكذا من أعماق قلبه، وكان يتذكر تلك الرحلة والأصدقاء والنهر وسوق السمك وشارع الوزان المزدحم ومآذن المساجد الكثيرة والجسور التي تمر عبر القنوات والمخابز العديدة... ولكن، هناك شيء بحاجة للتغيير!. فمع كل هذه الذكريات ذهب سندباد إلى المقهى ليشرب الشاي مع الأرجيلة وليلتقي مع الأصدقاء. وكما هو الحال دائماً، في المقهى كانوا جميعاً من الرجال، لأن النساء عادةً لا تذهب إلى هناك. وكان هناك رجل مسن يريد أن يبيع سفينته الشراعية، لأنه لم يعد يستطيع العمل عليها في هذا السن. وكان سندباد يعلم أن سفينة هذا الرجل كانت جيدة وكبيرة، فقدم سندباد عرضاً على الرجل لشراء السفينة، على أن يدفع له مبلغ من المال للبدء في العمل على السفينة وأن يسدد باقي المبلغ خلال السنوات القليلة المقبلة. بعد مناقشة وجدل لفترة من الزمن، تمت المصافحة على الصفقة، كما

يفعل الرجال الصالحين. لأن الكلمة كانت تكفي في ذلك الوقت، ولم يلزم توقيع عقود البيع والشراء.

وبعد بضعة أيام، جهز سندباد جِرار الماء وحقائب الطعام، وجهز السفينة للإبحار، لتكون تلك أول مغامرة يقوم بها، وما أن بدأ بالإبحار وبدأت نسمات الريح تهب، كان يراقب المدينة التي بدت أصغر شيئاً فشيئاً كلما إبتعد عنها. وبعد عبور دلتا كبيرة وفي النقطة حيث يلتقي النهر بالبحر، تجاوز الجزر التي كان ينظر إليها دائماً والتي يعرفها عن ظهر قلب، إتجه سندباد شرقاً وترك السفينة تقوده الى حيث ما تشاء. وبما أن الرياح لم تكن قوية، فأبحرت السفينة ببطء لشق طريقها...؛ إلى أن صار البحر هادءً تماماً، والرياح لا تهب إلى أن توقفت السفينة تماماً. سندباد لم يكن خائفاً، واستغل تلك اللحظات من الهدوء لينام أو ليأكل شيئا. ولكن المشكلة كانت عندما هبت الريح في الإتجاه المعاكس، بحيث أبحرت السفينة في إتجاه لا يريد الذهاب إليه. وبعد ثلاثة أيام من الإبحار وجد نفسه مرة أخرى عند مصب النهر. ثم أدرك أنه لم يكن مستعدا بما فيه الكفاية، وأنه بحاجة لإكتساب المعرفة من الأشخاص الذين أبحروا لسنين عديدة. فذهب وسأل، وتعلم كثيراً من البحارة ذوي الخبرة، وعلى الرغم من أنه لا يستطيع القراءة أو الكتابة، قام برسم بعض الخرائط البدائية. وجمع كل اللوازم، وأخذ صندوق من المجوهرات التي ورثها من العائلة مع بعض المنتجات للبيع. مع هذا الحِمل، أبحر مرة أخرى. ولكن هذه المرة، إتبع توصيات البحارة ذوي الخبرة، وأن لا يبتعد كثيراً عن اليابسة، فذهب في إتجاه السواحل الفارسية. وكانت الرحلة على ما يرام، وكانت الرياح مواتية، وبعد بضعة أيام وصل الى مدينة غير معروفة حيث وجد فيها أناساً يتحدثون لغة أخرى. وعثر على رجل في الميناء، وأخبره هذا الرجل إنه في هذه الأماكن تتحدث الناس بطرق تختلف كثيراً، حتى أنه لا يفهم كل منهما الآخر. ومع ذلك، كان الناس الذين

إعتادوا على التنقل والإبحار في مختلف البلدان، يستخدمون ذكائهم لفهم غيرهم وجعل أنفسهم مفهومين.

– والأهم من كل ذلك، قال له الرجل، هو أن يكون لديك الرغبة في التواصل.

خلال الأيام التي قضاها هناك، باع سندباد حمولته من التمر والملح، وإشترى أحد التجار كنز سندباد العائلي الصغير، المكون من عقداً وسواراً وخاتمين. وإشترى سندباد بذلك الحرير وبعض المنتجات الغير متوفرة في بلده من الأموال التي حصل عليها. وبعد أن عاد إلى البصرة، حيث كان قد باع كل شيء وحصل على كيس من المال، قام بتسديد جزء من ديونه، وجزء آخر لشراء المزيد من البضائع للتجارة.

خلال عام واحد، أبحر السندباد مرات عديدة، ذهاباً وإياباً قدر المستطاع عن طريق الموانئ الفارسية للبيع والشراء. وفي كل مرة، كان يبحر أبعد شيئاً فشيئاً وعرف السواحل الفارسية عن ظهر قلب، بداية من المناطق الخضراء الرائعة ومن ثم الصحراء. وفي الماضي، سمع من بعض الأصدقاء، أنه بعد عبور مضيق هرمز، يوجد بحر كبير جداً ويمكن أن يؤدي إلى الهند والصين. وأنهم أبحروا أيضاً من خلال الساحل الغربي لشبه الجزيرة العربية، ولكنهم لم يبحروا أبداً إلى شبه جزيرة قطر، لأن هناك تيارات قوية وخطيرة جداً، وذات مرة، هاجمت القراصنة كل السفن التي أبحرت إلى هذا الساحل، ولذلك يسمونه بساحل القراصنة.

وبعد وقت ليس بطويل، سدد سندباد الدين للرجل المسن الذي كان قد باعه سفينته الشراعية، وقرر أن يتخذ مساعدا له، وكان إسمه بدر الدين.

مع التنقل والسفر، تعلم سندباد كل ما لم يكن يعرفه من قبل، فقد تعرف على كثير من الناس، بعضهم من الذين يُعجبون، والبعض الآخر من الذين يخشون؛ وأنه سيواجه الكثير من المخاطر: العواصف واللصوص والمحتالين؛ الذين يبيعون

خلال عام واحد، أبحر السندباد مرات عديدة، ذهاباً واياباً قدر المستطاع عن طريق الموانئ الفارسية للبيع والشراء

طائر العقعق بدلاً من طائر الحجل...؛ لكنه كان شابٌ ذكي، فعلى الرغم من انه أُميي، لا يقرأ ولا يكتب، إلا أنه إستطاع أن يفهم نصف اللغات التي كان يتحدث بها الناس، حيثما كان؛ فكان مستمعاً جيداً ومتكلماً بارع، وكان يعرف متى يجب عليه أن يصمت، وكان أميناً على حفظ وكتم الأسرار. ففي كل ميناء، كان لديه صديق، وفي كل قرية، كان لديه معجبة تراقبه بهدوء. وفي كل مرة كان يعود فيها إلى البصرة؛ المكان الذي كان يعلم انه الوطن، ولو لوقت قصير. كان يشعر بهزة في الساقين وعدم إتزان في جميع أنحاء جسده. وعندما كان يرى أطراف مآذن المساجد، التي كان يعرفها جيداً، دائماً كان يصرخ:

— أنا بمأمن، فأنا في الوطن!

فسندباد، لا يزال يتذكر بعض القصص التي قصّها عليه عمه، عند الحديث عن جنكيز خان؛ إمبراطور منغوليا، فعندما وصل إلى تلك البلاد لم يترك وراءه سوى الدمار والرعب، وهذه الشعوب مختلفة تماماً عن غيرها من الشعوب، كالعباسيين والآشوريين واليونانيين، الذين جلبوا معهم الثقافة والثروة. وأخبروه، أن الذي كان بلده، أصبح مُحتلاً من قبل الإمبراطورية العثمانية، وفي وقت لاحق إتحدت القبائل لمواجهة العدو المشترك، ألا وهم البريطانيين، الذين كانوا قد إحتلوا هذا المكان وأرادوا أن يملكوه. ولم يكن من السهل عليهم المغادرة. فالجميع قاومهم بطرق شتى...

أثناء الإبحار، كان للسندباد الكثير من الوقت للتفكير، وكان دائماً يتساءل: لماذا لا يمكن للإنسان ان يعيش في سلام، يصيد الأسماك ويعمل بالزراعة والتجارة... ويعيش الحب!؟. كما قالها سندباد ذات مرّة في أحد المقاهي، فضحك عليه كبار السن، وقالوا له: ستعرف عندما تكبر، فإن كل شخص يفعل ما يحلو له وخاصة الحكام. فهناك عدد قليل من الذينّ لديهم الكثير من المال، والبقية لا يملكون شيئاً وبالكاد يستطيعون أن

يتدبروا أمورهم.

ومن ثم، جلس سندباد صامتاً، وكان متفائلاً على أمل العثور في يوم من الأيام على كنزٍ مخفي في إحدى جزر الخليج. وفي ما مضى أخبر سندباد بذلك شخص يثق به، فأجابه قائلاً: أن أعظم كنز لدينا هنا، النفط. ولكنه لا يخصنا نحن.

حفروا في أعماق الأرض، إلى أعماق أعماق الأرض، وهناك وجدوا الذهب الأسود. وكان السندباد يستخدم النفط لإشعال النار والطهي والتنقل... لكنهم أخبروه كيف هو العالم وكيف يسير ويتطور، وأنه يمكن إستخدام النفط لأشياء كثيرة، ولكن ليس في بلده، لأنها بلاد متأخرة، وإنما في أميركا والجانب الآخر من المحيطات الشاسعة التي تستخدمه في صنع كل شيء؛ "من الإبرة إلى الصاروخ".

محيط..! فكر سندباد، المحيط هو البحر الذي لا ينتهي أبداً، حيث يستغرق أسابيع وأسابيع لتصل فيه إلى اليابسة، وهو المكان الذي تطلق فيه العنان، وفيه بعض العواصف الكبيرة. وبسفينة مثل التي أملك، لن تتحمل أكثر من يومين في ذلك المحيط. أميركا...، هل من الممكن أن أذهب إلى هناك يوماً ما؟ حلم أبدي. هناك، كان الناس أثرياء ولديهم السفن والسيارات، ويعيشون في منازل جميلة ونظيفة ويرتدون ملابس جيدة، وجميع الأطفال يذهبون إلى المدرسة... وعندما أتم سندباد الثامنة عشرة من عمره، في ذلك الوقت كان الأطفال في بلده يذهبون إلى المدرسة وكان بإمكانهم الذهاب إلى الطبيب إذا مرضوا...، لأن الحكام لم يكونوا موجودين بعد! بغداد، ومنذ وقت قريب، كانت الرحلة تستغرق ثلاثين ساعة عن طريق البر.

يوم سيئ، حيث سمع سندباد في أحد المقاهي بالسوق، بأن بلاده كانت في حالة حرب مع دولة مجاورة؛ الفرس، والتي كانت تعرف بإسم ايران. فالخلافات قائمة منذ زمن بعيد، لأنهم كانوا دائماً يتقاتلون من أجل حيازة النهر ومنطقة خوزستان،

حيث كان هناك نفط.

– لماذا؟ سأل سندباد أولئك الرجال الذين كانوا يشربون الشاي ويدخنون الأرجيلة. فنظر إليه الجميع ولكنهم لم يجيبوا. سوى شخص، أجابه: يا بني، إن القرويين لا يعرفون لماذا هم حُكّامنا في حروب... وفي نهاية المطاف، إذا حصل وإن إنتصرنا أو خسرنا، فإننا دائماً سنكون نحن المتضررين.

وهكذا كان. ولم يعد يجرؤ سندباد على الإبحار إلى السواحل الفارسية؛ فأبحر إلى السواحل الغربية، ولكنها أيضاً لم تكن هادئة. وهناك غالباً ما سمع ورأى طيوراً كبيرة تحلق في السماء تقذف لهباً ودخاناً من أفواهها. كانت سنوات صعبة جداً، لأن القنابل وصلت إلى البصرة. ثماني سنوات من الجحيم، من خلالها لم يبقى أي أسرة على حالها في المدينة، وتم استدعاء الآباء والأمهات والأبناء في سن الخدمة العسكرية لمحاربة البلاد المجاورة، وقصفوا وذبحوا الأمهات والأطفال الصغار في منازلهم، وبدى أن الأسماك قد إختبأت، لأنه كان من الصعب الذهاب للصيد! انتهت تلك الحرب بتساوي، لا من غالب ولا مغلوب، وحصدت مليوناً من الأموات من كلا الجانبين. وأطراف السفن الغارقة في الميناء كانت شاهداً على الدمار. وبعد ذلك وتكريماً لقتلى الحرب، أمر الحاكم ببناء مئتان وخمسين من التماثيل على شواطئ البصرة، بحيث يمثل كل واحد منها جنرالاً من الذين لقوا حتفهم في المعارك ضد ايران، والذراع الأيمن للتماثيل يشير إلى الجانب الآخر من الشاطئ، وبنظرات جدية والبنادق معلقة على الأكتاف متحدياً العدو.

ولكن قدرة الإنسان على التفاعل والبقاء على قيد الحياة هائلة، فأعاد سكان البصرة بناء المدينة، وأعيد تشيد المساجد وفتح المتاجر مرة أخرى، وأعيد بناء الجسور عبر القنوات، وعادت الحياة إلى الأسواق المليئة بالألوان، وعاد الصيادين والتجار إلى البحر من جديد.

طلب سندباد من زينب أن ترافقه في رحلة بحرية لبضعة أيام،

لكي يشاركها كنزه العظيم؛ ألا وهو البحر.

وأبحر سندباد من جديد، معتمداً على بدر الدين، الصبي الذي كان يساعده، وباع البضاعة في الخارج وإشترى غيرها ليعود ويبيعها في البصرة.

وكان الوقت يمرّ، وما زال سندباد أعزب،

وفي أحد الأيام قال له زملاؤه بمودة، يجب عليك الحذر، أن يتجاوزك القطار وتبقى أعزب!

ولذلك نصحوا له بأن لا ينتظر أكثر وأن يتزوج، وأخيراً فعل ذلك، وتزوج بفتاة يتيمة مثله، والتي كانت تعيش مع عمتها وابن عمتها. وكان إسمها زينب، وتبلغ من العمر ستة عشر عاماً، وأدت الحرب إلى مقتل والدها وشقيقيها. وكما هو متعارف، طلب سندباد الزواج يد زينب من كبير أسرتها، وفي هذا الحال، كان ابن عمة الفتاة من يقرر في ذلك، ولذلك لم يكن من الصعب إقناعه، لأنهم كانوا فقراء، وفي حال أن تتزوج زينب فإنه سيصبح من الأسهل إطعام بقية العائلة. ثم إشترى سندباد بيتاً في حي الزهراء، بحيث أنه كان وقتا جيداً للشراء، لأنه كان هناك العديد من الناس المحتاجين، الذين باعوا بيوتهم بثمن زهيد بسبب الحروب. وقبل أن ينتقل إلى المنزل الجديد، طلب سندباد من زينب أن ترافقه في رحلة بحرية لبضعة أيام، لكي يشاركها كنزه العظيم؛ ألا وهو البحر.

— أريدك أن تحبي البحر، كما أحبه أنا. قال لها سندباد.

هذه المرة أبحر سندباد وزينب لوحدهما، من دون المساعد. فمنذ اليوم الأول، بدأ سندباد بالنظر إلى زينب برقة، وأكثر ما كان يعجبه بها، عيناها المستديرتين باللون العسلي، وبشرتها الرقيقة الناعمة.... بالتأكيد سيكون لنا أطفال، وآخذهم إلى المدرسة وأعلمهم الإبحار، كان يفكر في هذا سندباد وهو ينظر إلى الأفق البعيد. وبالكاد كان يعرف بعضهما الآخر، فنظرت إليه الفتاة بإرتياب، ربما كانت قلقلة بعض الشيء لأنها لم تكن تعلم أي نوع من الرجال قد تزوجت. فزينب كانت قد تعلمت في المدرسة، وبالطبع كانت تجيد القراءة والكتابة،

بالإضافة إلى تدبير أمور المنزل والطهي. وفي ليلة هادئة والقمر كان بدراً، جلسوا على سطح السفينة بالقرب من بعضهما البعض، وأمسكوا بأيدي كل من الاخر، وبدأوا بالحديث عن أسرار الطفولة. وبعد أيام قليلة إكتشفوا الغموض في أجسادهم؛ وأخيراً، وتحت سماءٍ من أشجار النخيل على أحد الشواطئ الفارسية، أصبحوا عشاق. وبعد ثلاثة أسابيع وعندما عادوا إلى البصرة، كانوا قد تغيروا كثيراً، فزينب شعرت بسعادة كبيرة ومن دون خوف، ولديها رغبة كبيرة بأن يستمر سندباد في إخبارها عن المغامرات التي قام بها في السابق، وكما كان لديها الرغبة في تعليمه القراءة والكتابة، كما كان الاتفاق. وسندباد، الذي عشق البحر لسنين عديدة، الآن، ومع زوجته، فإنه أحب الحياة أكثر فأكثر ولم يريد أي شيء أكثر من ذلك.

وبعد سنة، أنجبت زينب طفلها الأول، كان صبي، وأسموه علي، وسندباد لم يفكر أبداً، بأنه في حال أن يصبح أباً؛ سيكون سعيداً إلى هذا الحد. ولذلك لم يقم بالإبحار بعيداً، وحاول ألا يتأخر كثيراً في العودة إلى بيته، وإذا لم يقم بالتجارة، كان يخرج لصيد الأسماك.

ولكن الفرحة لم تدم طويلا، وبعد فترة وجيزة، بدأ حاكم بلاده حرب أخرى، وقام بغزو الكويت، لكن الإحتلال لهذه البلاد لم يدم إلا لعدة أيام، وذلك لأن عدداً من البلدان، بقيادة أمريكا وبريطانية، أعادوا الإستقلال لهذا البلد. وكانت تلك الأيام، أياماً من الحداد والموت. البصرة، كغيرها من المدن، تعرضت للقصف بقنابل اليورانيوم المُحرم. ولم يكن هناك أي مكان للإحتماء، ودُمرت الغابات الكثيفة بأشجار النخيل على ضفاف شط العرب، وأصبح الساحل حزيناً وعارياً. بعد أسابيع توقفت الهجمات، ولكن ما جاء بعد ذلك كان نوعا مختلفاً من الحروب. المعاناة؛ فمن كان يريد أن يبحث عن الطعام، لم يجرؤ على الخروج من بيته خوفاً من الطائرات التي كانت

تحلق فوق المدينة، كانت مرحلة ما بعد الحرب؛ الحظر. وفي ذات الوقت، كانت زينب تحمل بطفلها الثاني وكانت مريضة جداً. وكان سندباد بالكاد يقوى على الخروج من المنزل، للبحث عن عمل لإطعام أسرته. وعندما حان وقت الإنجاب، ذهبوا إلى المشفى لأن زينب كانت تعاني كثيراً. وهناك أنجبت زينب فتاة، وأسموها: لطيفة، وقام الأطباء بإجراء العديد من الفحوصات للطيفة، وخاصة سرطان الدم، بحيث أوضحوا أنه منذ إنتهاء الحرب، أنجبَ الكثير من الأطفال مع تشوهات خلقية وأمراض أخرى. كانت لطيفة كالطائر الصغير، بنسمة هواء تطير. وعادوا إلى المنزل، وأمضى سندباد طوال وقته مع زوجته الضعيفة، التي كانت تحاول أن تعتني بطفلتها وترضعها رضاعة طبيعية.

وفي أحد الأيام، وعندما عاد سندباد إلى المنزل بعد البحث عن لقمة العيش، وجد زوجته في حالة الإغماء وشاحبة الوجه، من ذلك المرض الذي بدأ يظهر أثناء الحمل بالطفلة؛ الكوليرا. المرض الذي سيطر على جسدها بالكامل. وماتت زينب كطائرٌ صغير. وشعر سندباد بوحدة لم يشعر بها من قبل...، وبعد الدفن، جلس على ضفة النهر حاضناً علي حتى عم الظلام. فلم يكن يعرف ماذا يفعل أو إلى أين يذهب! وكان بحاجة إلى أن يعمل لإطعام أطفاله. ولكن، من سيعتني بهم عندما يذهب إلى العمل؟ ترك الأطفال في بيت أحد الجارات لبضعة أيام، التي نصحته بأن يتزوج مرّة أخرى، لأنه بحاجة إلى زوجة لتعتني بالأطفال. ولكن، لم يكن لسندباد الرغبة في الزواج، ولكن الجارة سعت للبحث، ووجدت له فتاة أرملة قُتل زوجها أثناء الحرب، وكان عندها طفلين، الأول عمره سنتين والثاني بضعة أشهر. فتزوجها سندباد، وذهبوا للعيش في منزل سندباد. وهكذا، كان بإمكانها إرضاع لطيفة والإعتناء بالمنزل، وإستطاع سندباد الذهاب إلى صيد الأسماك، والتجارة بالبضائع التي تنقصهم. فلم يتمكن أحد من شرب

الماء التي تعرّضت للتلوث من اليورانيوم، في حين عانى المزارعين لأن البساتين أصبحت عقيمة، كما أنفسهم! وأشجار النخيل والتين لم تعد تثمر. وكان هذا هو العقاب لمساوىء الحاكم.. آه لو أنه لم يكن في هذا البلد سوى حدائق الفاكهة والخضراوات، ولم يكتشفوا هذا النفط اللعين، ربما كنا سنعيش في سلام! كان سندباد يفكر.

وتتوفي لطيفة، الصغيرة والرقيقة، التي لم تستطع مقاومة المرض. وسالت دموع سندباد على خديه حزناً لفراقها، ولكن سرعان ما جفت تلك الدموع بمرور الزمن. ونادى المؤذن، من مئذنة مسجد الإمام علي -عليه السلام- للصلاة، فرفع سندباد رأسه ونظر إلى السماء.

ومرّت عشر سنوات على تلك الحرب. و خلال ذلك الوقت، كان سندباد وزوجته الجديدة قد اعتادوا على العيش معاً. وكان همّ سندباد الوحيد، الحصول على الطعام لعائلته. تاركاً وراءه الأيام السعيدة التي أمضى فيها وقته في الإبحار والبيع والشراء، ولحظات الخوف والحب... ولكنه كان دائماً حاضراً لكل إحتمالات القدر. وغالباً ما كان يبكي فراق زينب، التي تركته ولم ترى علي وهو يكبر، ذلك الفتى الذي عاهدها على أن يعلمه الإبحار، بتلك القدرة الهائلة التي يمتلكها ليكون سعيداً، للعب مع الأطفال في الشارع وفوق الركام وبين الأوساخ أو في المدرسة الباردة والحزينة. هذا هو مستقبل علي.

كان يبدو أنه من غير الممكن أن يحدث أكثر من ذلك، ولكن أمريكا هددت بشن حرب جديدة. والعديد من الناس لم يصدقوا ذلك، ولكن في أحد الأيام كان سندباد في سفينته الشراعية يصيد الأسماك، سمع ضوضاء طائرات، فرفع رأسه وأدرك أنها لم تكن تحلق على النحو المعتاد.

وفي أحد الأيام، وعندما عاد سندباد إلى المنزل بعد البحث عن لقمة العيش، وجد زوجته في حالة الإغماء وشاحبة الوجه.

فهذه المرة كانت أكثر عدداً وأكبر حجماً. وعلى الفور فكر في زوجته وأطفاله في المنزل. فأدار محرك السفينة وعاد مسرعاً نحو المدينة، لكنه فشل في الوصول إلى الميناء لأنه كان مُحتلاً من قبل السفن البريطانية ومئات الجنود، الذين كانوا في كل مكان. فكان عليه أن يهرب وأن يذهب إلى مكان آخر ليرسوا بسفينته، ومن هناك عائداً إلى المنزل سيراً على الأقدام، كان هناك العديد من الجنود والدبابات على الشاطئ، الذين أحاطوا بفندق الشيراتون، والذي إقتحمته الناس اليائسة لسلب كل ما فيه. وفي لحظات قليلة، أصبح الرمز العملاق من الترف العراقي جبلاً من الركام.

عندما وصل سندباد إلى الحي الذي يسكن فيه، وجد حشد كبيراً من الناس! لم يكن يعلم ما الذي حدث، فدخل بين الناس لكي يرى: فوجد أن منزله ومنازل أخرى في الجوار قد دمرت بإحدى الصواريخ. فصرخ صرخة مخيفة وذهب مسرعاً إلى الذي كان منزله، وتمكن من الدخول من خلال إحدى النوافذ، وشق طريقه بين الأنقاض ليعثر على جثث زوجته وأطفالها، وبجانب جثة زوجته وجد إبنه علي وكان لا زال يتنفس، فضمه إلى صدره وخرج به إلى الشارع. وعم الصمت بين الناس، وفي حينها إقتربت مجموعة من الدبابات، فهرع الناس من المكان وبقي وحده مع إبنه بين ذراعيه. وبدأ سندباد بالمشي متجهاً نحو الدبابات، فأحاطت الدبابات به بشكل دائري في ساحة كانت قائمة من قبل، فرفع جسد علي؛ الجسد المغمور بالدماء، جثة إبنه الحبيب الذي كان يريد أن يبحر معه إلى كل البحار العربية، ليتعرف على أشخاص جدد وبلدان جديدة وليتعلم اللغات والمغامرات والحب والضحك... وسار مع إبنه نحو الدبابات، التي أصبحت أكثر قرباً، لم ير ولم يسمع أحداً ولم يكن لديه شيء من الدموع. فجأة، توقفت الدبابات، ووصلت سيارة من الصحفيين، وصرخوا على الجنود: لا تلمسوه! لا تلمسوه! ألا ترون أنه يحمل إبنه

الميت؟ واستمروا في ذلك إلى أن بدأ الجنود بإطلاق النار على آلآت التصوير.

تلك الصورة التي انتشرت في أنحاء العالم، ومن ثم، أصبح سندباد معروفاً في جميع أنحاء العالم، ودعت إحدى المنظمات الإنسانية سندباد للذهاب إلى أميركا لشرح حقيقة ما حدث. لكنه رفض، وهو الذي كان دائماً يحلم بعبور المحيط.

وقال له أحد الصحافيين محاولاً إقناعه:

ـ إذا ذهبت إلى هناك، فإنك ستظهر على التلفاز وفي الصحف، وسيمكنك أن تشرح ما حدث وأن تقول ما تشاء، وربما ستصبح مشهوراً، أو حتى ستبقى لتعيش هناك لأنه لا يوجد لديك مستقبل هنا.

لكنه لم يرى ولم يسمع، فالمستقبل كان قد مات بين ذراعيه. أميركا موجودة، فمنذ عدة سنوات وأنا أسمع بهذا الإسم، وقد سمعت بما يكفي، فليس من الضروري لأن أذهب إلى مكان ما لأصدق أنه موجود، لأن الدليل كان واضحاً جداً الآن. فقد أخذت أميركا زوجته وإبنته وإبنه، وأخذت زوجته الثانية وأطفالها، وأخذت أميركا الأصدقاء والجيران، وسممت الخس والطماطم في حدائقهم... أميركا موجودة، لأنهم ومنذ سنوات كانوا قد هاجموا؛ الناس في القرى والحقول، وهم من عزز الحصار، الذى أدى إلى مقتل خمسة آلاف من الأطفال دون سن الخامسة في كل شهر. كنت أعرف أن أميركا موجودة، فكان هناك أدلة كافية، ولم أرغب بالذهاب إلى هناك.

ـ أنا من هنا، في المدينة التي شهدت على ولادتي وشبابي، حيث كنت سعيداً، حيث وجدت الحب. هذا هو بيتي، مدمر، ملوث ومليء بالدخان. لم يتبقى لي شيئاً: لا سفينة ولا منزل ولا عائلة ولا أمل. ولا حتى الدمع، فلم يبقى لي منه شيئاً. ولكنني ما زلت إنسان.

وسار مع إبنه نحو الدبابات، التي أصبحت أكثر قرباً، لم ير
ولم يسمع أحداً.

ولم يكن لسندباد مدافع ولا صواريخ ولا قنابل ولا دبابات، ولكن لديه يدين وقدمين إثنتين، ومع كل ذلك دماغاً، ما زال يمكنه أن يفكر. جالساً أمام تلك المياه التي أحب، وقرر أنه لن يدوس على كرامته أحد. ونهض، وأخذ حجراً ووضعه في جيبه، وسار بحزم ودون خوف؛ حجراً مستديراً من على الشاطئ، وضغط عليه بشدّة. البصرة كانت مدينته وبيته، ولن يخرجه أحد منها، والحجر الذي منحه القوة عندما كان يلامسه بيده، فالبصرة هي التي مثلت بحره ومدينته وثقافته ومساجدهم، ومثلت الناس التي أحبها سندباد. في كل مرة كان يمشي بسرعة أكبر، متجاهلاً مخاطر الحرب. وعندما وصل إلى مركز مدينة البصرة، كأنها كانت الصحوة: أدار رأسه ورأى العديد من الرجال والنساء والفتيان، الذين كانوا مثله، كل واحد منهم يحمل حجراً في يده. وساروا معاً، بصمتٍ وبعزم، ورؤوسهم مرفوعة عالياً، وفي كل لحظة كان عددهم يزداد وكانوا يشعرون بقوة أكبر. فكان لديهم ما يحتاجون لينتصروا؛ الحق. فمن الممكن أن يستغرق ذلك وقتاً... ولكنه حتماً آتي.

وفي يوم من الأيام سيعودوا للإبحار ويصبحوا سعداء.

الشعب العراقي قد إنتصر.
ولذلك إجتثوا سواعد أطفالهم:
فإذا كانوا قد إنتصروا،
فعلى الأقل لن يستطيعوا الإشارة بعلامة النصر بأصابعهم.

سانتياغو ألبا ريكو

علي بابا

كان علي بابا متزوجاً من إمرأة فقيرة، إسمها مرجانة، وكانوا يعانون من مصاعب مالية كثيرة. وكان علي بابا يذهب في كل يوم إلى الغابة لجمع الحطب وبعض الأعشاب، وأيضاً لجمع بعض التمر والكستناء، كلٌ في موسمه، وبعد ذلك، كان يبيع كل ما كان يجمع في السوق. أما أخوه قاسم، فكان متزوجاً من إمرأة ثرية، وكان تاجراً، وكان لديه مقدرة فطرية لزيادة ثراءه وممتلكاته. فكان يشتري البضائع بأثمانٍ زهيدة، ويحتكرها ومن ثم يبيعها بأثمانٍ عالية، ليس لديه ذمة ولا أخلاق، فكان يشتري بضائع مسروقة أو مهربة من البلدان المجاورة، مثل: المواد الغذائية، والآلات، والنفط، والأدوية...إلخ. وكان يبيع هذه البضائع من خلال مجموعة من التجار الفاسدين. فكان همه الوحيد جمع المزيد من الأموال، في حين أن التجارة قد تقلصت كثيراً بسبب الإحتلال الأمريكي، ومع ذلك فإن تجارته كانت تسير على ما يرام، فكان يبيع البضائع للمُحتلين وللمقاومة في الوقت ذاته.

وفي أحد الأيام، عندما كان علي بابا يعمل في الغابة، شاهد عدداً كبيراً من المركبات، وكان الغبار يتطاير من حولها،

فخاف وأختبأ في كهف قريب؛ ففي حال أنهم كانوا الأمريكيون فإنهم سيلقون القبض عليه، مع أنه لم يكن يفعل شيئاً سوى أنه كان يجمع الحطب كالعادة، فلربما يقبضون عليه لذلك!

ومن مكان مظلم في داخل الكهف، حبس علي بابا أنفاسه لكي لا يكتشفوا وجوده، كما إستطاع أن يرى، أنهم في الواقع كانوا جنوداً أمريكيون، وبدأوا بإدخال صناديق مليئة بالأسلحة إلى الكهف حيث كان مختباً، وأخفوا الصناديق داخل حجرة في داخل الكهف ذاته. في البداية، تعجب علي بابا، ومن ثم فكر.. إنه من المؤكد مستودع لتخزين الأسلحة، ففي حال هاجمت المقاومة معسكرات الجنود المعروفة، فإنهم لن يدمروا مخزون الذخيرة لديهم.. حقاً، إن هؤلاء الأمريكيين أذكياء.

وعندما إنتهوا من إدخال كل الصناديق، قام أحد الجنود بإدخال رقم سري على لوحة المفاتيح المخبأة على أحد جدران الكهف، ومن ثم أغلقت البوابة كما كانت قد فُتحت، ووضع الجندي الورقة التي كان مكتوب عليها رمز العبور للبوابة في جيبه، وكان الأخير في الخروج من الكهف، وأثناء خروجه، سحب منديلاً من جيبه ليجفف عرق وجهه. ومن ثم أعاده إلى جيبه، وغادر الكهف من دون أن يدرك أنه أسقط الورقة التي تحوي رمز العبور للبوابة. أثناء ذلك، لم تغب أعين علي بابا عن الجندي ولا للحظة واحدة، وظل مختباً إلى أن سمع أصوات محركات العربات وهي تدور وتتجه بعيداً، فخرج من مكان إختباءه وذهب مباشرة إلى حيث سقطت الورقة. أخذها ونظر إليها، وكانت عبارة عن مزيج من عشرة أرقام وأحرف، وبخجل، قام بالضغط على لوحة المفاتيح المخبأة على جدار الكهف، تماماً كمام فعل الجنود، فتُحت البوابة، ذُهل بما رأت عيناه؛ رأى العشرات والعشرات من الصناديق المكدسة بالأسلحة.

...إستطاع أن يرى، أنهم في الواقع كانوا جنوداً أمريكيين، وبدأوا بإدخال صناديق مليئة بالأسلحة إلى الكهف حيث كان مختبأ، وأخفوا الصناديق داخل حجرة في داخل الكهف ذاته.

هيّا!!! فهذه ترسانة حقيقية! كان يتمتم. وعلى الفور فكر في الإستيلاء على إحدى الأسلحة للدفاع عن عائلته. ففي الحي الذي يعيش فيه، ويوماً من بعد يوم، تأتي فرق من الجنود ويقتحموا البيوت فجأة، ويفتشوا فيها ويعتقلوا أهلها بحجة البحث عن الإرهابيين.؛ فعاد إلى بيوتهم عدد قليل من الذين قاموا بأسرهم، وفي حال أنهم عادوا، فإنهم كانوا في حالة يرثى لها، في حين أن الناس فضلت موتهم على رؤيتهم على هذا الحال.

ومن ناحية أخرى، كان من الخطير جداً إمتلاك سلاحاً في المنزل... لم يعرف ماذا يفعل، ولكن في نهاية المطاف ومع رغبته في ضمان سلامة عائلته، أخذ بندقية نصف أوتوماتيكية وعلبة من الرصاص. ومن ثم أدخل رمز العبور مرّة أخرى، فأغلقت البوابة وعاد إلى منزله.

كان علي بابا منفعلاً جداً، فأخبر زوجته بما كان قد إكتشف. وقرر الإثنان إخفاء البندقية في مكان سري داخل المنزل، وفي الوقت ذاته، يمكن الوصول إليها بسرعة، في حال داهم الجنود منزلهم في الليل. وبينما كانوا يتكلمون في أمر البندقية، لم يدركوا أن إبنهم الصغير أحمد، كان في الغرفة المجاورة وسمع كل شيء.

في اليوم التالي، أحمد، الذي كان يذهب للعب كل مساء مع ابن عمه، في منزل العم قاسم، قال: الآن لن يمكن أن يحدث لنا أي مكروه، لأن أبي لديه بندقية جيدة جداً، والتي عثر عليها في أحد الكهوف، إذا هاجمنا الجنود في الليل، فإننا سنقتلهم!

وعندما سمع قاسم بذلك، فتح عينيه الإثنتين إلى أقصى حدٍ وفكر: هممم، الأسلحة، دائماً كانت تجارتها رابحة! وكان يريد أن يعرف من أين حصل أخوه على البندقية.

وفي مساء ذات اليوم، ذهب قاسم لرؤية علي بابا، وسأله عن البندقية وكيف حصل عليها؟. فأخبره علي بابا عن إكتشافه. ومن ثم...، قاسم، الذي إمتلكه الطمع والجشع، إقترح أن يسرق

كل الأسلحة ويبيعها بأفضل ثمن، سواءً كان داخل البلاد أو خارجها.

– ففي أفغانستان، فإنهم سيدفعون أموالاً كثيرة مقابل هذه الأسلحة، – قالها: وهو متحمس.

– ماذا؟ هل أنت مجنون؟ إن الذي تقترحه أمر خطير جداً، ماذا سيفعل الأمريكيين عندما يجدوا الكهف فارغاً؟

– أجابه قاسم: عندما يكتشفوا ذلك، نكون قد صرنا من الأغنياء وبعيدين عن هنا.

تجادل الأخوين وقت طويلاً، إلى أن هدّد قاسم أخاه، بأنه سيخبر الأمريكيين عن أمره في حال لم يوافق على العمل معه في تجارة الأسلحة. وفكر علي بابا بالذي قاله أخاه، بحيث أنه أقدم على فعل أمور مشابه من قبل، وهو يعلم أن اخاه يفضل المال على أي شيء آخر.

فكيف يمكن أن يكون هناك أناس مساكين إلى هذا الحد في العالم!؟ أنجبتهم ذات الأم، ورضعوا ذات الحليب وتعلموا في ذات المدرسة... كيف من الممكن إذاً أن يكونوا مختلفين إلى هذا الحد؟

– ألا تعتقد أنه في حال وافقتك الرأي، سنكون كلنا في خطر، ليس أنا وأنت فقط. ألا تهمك عائلتك؟ – مجيباً علي بابا أخاه. فاستشاط قاسم غضباً بسبب عناد شقيقه، واقترب منه وأمسك برقبته.

– أرى أمامي أكبر صفقة تجارية في حياتي، وأنت لن تمنعني من القيام بها. فإما أن تخبرني عن مكان الكهف أو أقسم بأنني سأذهب مباشرة إلى معسكر الأمريكيين في حال خروجي من هذا المنزل.

وإرتعد جسد علي بابا. فأخوه كان قادراً على فعل ذلك وأكثر. لذلك، أخبره عن مكان الكهف ومستودع الأسلحة، وأعطاه ورقة رمز العبور للدخول والخروج. وافعل ما أنت فاعل، ولم يرد أن يسمع شيئا آخر من أخيه.

جثة داخل تابوت. حفرة في المقبرة، ورأس متجه نحو مكة المكرمة. حزنٌ ودموع.

وفي صباح اليوم التالي، أخذ قاسم شاحنته وذهب إلى الكهف مسرعاً، وأدخل رمز العبور، إنفتحت البوابة ودخل إلى مستودع الأسلحة، ولكي لا يراه أحد وهو في داخل المستودع، قام بإدخال رمز العبور من اللوحة الموجودة في الداخل، فأغلقت البوابة من جديد. "آه، يا حبيب النبي"! عندما رأى كل تلك الصناديق المكدسة، التي تحتوي على كل شيء، وكان متحمساً جداً. فهذه وتلك، تباع في السوق السوداء بأسعار كبيرة! وعندها سأصبح من الأغنياء إلى الأبد، وعندما سأقوم ببيع كل الصناديق، سأذهب أنا وعائلتي إلى بلدٍ آخر، وحينها، يمكن للأمريكيين أن يبحثوا عني؛ فلقد سئم من سنوات الحرب الطويلة، فيذهب هو وعائلته إلى مكان فيه فرص عمل جيدة لتاجر مثلي... لدولة ناشئة. الصين، على سبيل المثال. هنالك الكثير من الفرص في العالم!.

ومن دون إضاعة للوقت، وضع قاسم بعض الصناديق بالقرب البوابة، ليضعها لاحقاً في شاحنته. وعندما حان الوقت لمغادرة الكهف، وضع يده في جيبه لسحب ورقة رمز العبور. لكنه لم يجدها!!

ـ اللعنة، أين قمت بوضع هذه الورقة؟ "تمتم بعصبية، بينما كان يبحث في جيوبه الأخرى". من المؤكد أنها سقطت على الأرض، بينما كنت أقوم بجر الصناديق... إهدأ، إهدأ، فلا بد أن أجدها.

وبحث في كل شبر من الارض حيث كان قد ذهب، ولكنه لم يعثر على الورقة. وظل يبحث ويبحث، وأمضى وقت طويل وهو ويبحث.. إلى أن يأس من العثور عليها، فبدأ يجرب بعض الرموز التي بدت إليه أنه كان قد ضغط عليها قبلا: DX450MA789. لم يحدث شيئاً. DZ450MA739. لا شيء! JX450ME789. لا شيء أيضاً!! فلم تنفتح البوابة، وفي كل مرة كان يشعر بتوتر أكثر وأكثر. وكما كان سميناً، فإنه كان يتصبب عرقاً مثل الثور الهائج. "يجب أن أخرج،

يجب أن أخرج" كان يكررها لتشجيع نفسه. ولكن لم يتغير شيء، فلم يكن لديه حل. وبدأ يشعر بدوران في رأسه، وأحس أنه سمع صوت طنين. في النهاية، أدرك أنه لم يكن مجرد طنين داخل رأسه، بحيث سمع وأحس بهذا الطنين وكان يأتي من الخارج... طنين شبيه بأصوات المحركات... نعم، كانت أصوات محركات، وكانت تقترب... ومن ثم توقفت!

وهنا، دخل قاسم في دوامة من الأفكار من شدة الخوف، وتذكر كل تحذيرات أخيه، ولم يكن لديه وقت إلا ليختبئ خلف بعض الصناديق آملاً بأن ينجوا. ولكنه لم يفلح، لأن الجنود كانوا قد اكتشفوا شاحنته في الخارج، وعثروا عليه خلال دقائق معدودة.

وفي ذات الوقت، زوجته فاطمة: تأخر قاسم عن عادته في العودة إلى المنزل! وبدأت تشعر بالقلق. فهي كانت تعلم إلى أين كان قد ذهب، ومرت الساعات، وكان القلق يزداد. في النهاية، ذهبت إلى علي بابا.

وعند حلول الظلام، ذهب علي بابا إلى الكهف ووجد جثة أخيه على مدخل الكهف، ممزقة ومغطاة بالدماء، وكان أحد الضباع قد قطع أجزاء من جسده. وشاحنة أخيه لم تكن هناك. حملَ الجثة، وعاد بها متخفياً إلى المنزل. ماذا سأفعل الآن؟

ـ فلم أجروء على دفنه هناك، خوفاً من أن يعود الجنود أثناء ذلك، ـ قال لزوجته. ومن ناحيه أخرى، أن يجلب الجثة إلى المنزل سيكون أسوأ، وبدأت فاطمة بالصراخ والبكاء، ويسمع صراخها الجيران... ماذا سنفعل الآن؟ ماذا سنفعل؟.

مورجانه، بالإضافة إلى أنها كانت جميلة، فكانت ذكية جداً، وعلى الفور وجدت حلاً. فإقترحت وضع الجثة داخل حقيبة كبيرة في فناء المنزل، تحت كومة من الأثاث القديم. وكانوا في فصل الشتاء؛ فيمكن للجثة أن تصمد بعض الأيام. ففعلوا ذلك، وحينها طلبت مرجانه من زوجها أن يذهب إلى الشرطة، ليبلغ عن أن أحد اللصوص قد سرق شاحنة أخيه.

– وفي حال سألوك، ولماذا لم يأتي هو للإبلاغ عن السرقة؟ أخبرهم بأنه مريض جداً.

وفي صباح اليوم التالي، ذهبت مرجانه إلى بيت الطبيب، وقالت له: هل لك أن تعطيني بعض الأدوية لشقيق زوجي؟ فهو مريض جداً. ولذلك قمنا بإحضاره إلى منزلنا، فزوجته لا تستطيع الإعتناء به وحدها.

أعطها الطبيب دواءً لآلام البطن والمعدة، كما أخبرته مرجانه عن حالته، وفي اليوم التالي، عادت مرجانه مرّة أخرى إلى الطبيب، وقالت له: إن حالته أصبحت أسوأ من الأمس. وفي اليوم الثالث قالوا إن قاسم قد توفى، ولم يستغرب أحداً من موته. فعلى أي حال، كان الموت شيئاً طبيعياً منذ أن بدأ الغزو. وطوال تلك الأيام لم تخرج زوجة قاسم من المنزل لكي لا يكتشف الناس الخدعة، ومن ثم أعلنت عائلة قاسم عن الجنازة والعزاء، وبدا كل شيء طبيعي. جثة داخل تابوت. حفرة في المقبرة، ورأس متجه نحو مكة المكرمة. حزنٌ ودموع. تعازي الأصدقاء والجيران. قهوة وبعض الحلويات لشكر الناس على المساندة. ولكن المشكلة كانت في كيفية التخلص من جثة قاسم التي قد بدأت تحلل. وفي الواقع كان هناك مشكلة أخرى.

فالأمريكيون كانوا في حيرة من أمرهم، وكانوا يريدون معرفة هوية الشخص الذي كان داخل الكهف.

فكما كان يحدث أحياناً، أطلق الجنود النار على قاسم ومن ثم قاموا بإستجوابه. ولكن تلك الطلقات كانت قد أصابته بجروح بالغة، بحيث أنه لم يكن قادراً على الإجابة عن أي من الأسئلة التي طرحوها: من أنت؟ كيف تمكنت من الدخول إلى المستودع؟ هل أعطاك أحد ما رمز العبور؟ وإذا كان كذلك، كم شخصاً يعرف بهذا المستودع؟ ومن هم؟.

خرج قطيع الحمير من مركز الشرطة، وقطعوا جزءاً كبيراً
من المدينة، إلى أن وصلوا أمام منزل علي بابا.

وكإجراء إحترازي، نقل الأمريكيون الأسلحة من الكهف إلى مخبأ آخر. ومن ثم بدأوا بالتحقيق لكشف هوية مالك الشاحنة. بسبب حالة الفوضى الإدارية في بغداد، استغرق الكشف عن هوية مالك الشاحنة مدة أسبوع، وكان مالكها تاجر يدعى قاسم، الذي كان قد دفن قبل ثلاثة أيام بسبب المرض.

— بحال أنه كان مريضاً جداً، فماذا كانت تفعل شاحنته على مدخل الكهف؟ — سأل المحقق فهد "من الشرطة العراقية" علي بابا.

— في الواقع، سرق أحد اللصوص الشاحنة في مساء ذالك اليوم. — أجاب علي بابا بكل هدوء ممكن، وأظهر له ورقة إدعاء السرقة.

فلم يبقى شيئاً يقوله. لكن المحقق لم يقتنع، وأحس أن هناك شيء مريب جداً. وهكذا قال الأمريكيون أيضاً.

لم يكن لديهم أي دليل على أن علي بابا كان يعرف شيئاً عن الكهف، كما أنهم كانوا يعرفون أيضاً أن علي بابا لم يكن يعمل بالتجارة مع أخاه. ولكنه كان مشتبهاً به، ولم يريدوا أن يخاطروا في الحكم. فكان عليهم أن يعتقلوهم جميعاً، هو وعائلته للتحقيق معهم.

ولكن، علي بابا كان محبوباً ومعروفاً جيداً لأهل القرية، فمن الممكن أن يسبب إعتقاله بعض المشاكل. فأوصى المحقق فهد أن يتم إعتقاله سراً، وبأقصى حد ممكن من الهدوء. وعرض عليهم خطته، وكانت كما لو أنها أخذت من حكايات ألف ليلة وليلة.

ألا تعتقدون أن هنالك الكثير من تجار الزيت؟ ألم تروا أن العديد منهم، وبسبب الصعوبات للحصول على البنزين، قد عادوا إلى الطرق القديمة في إستخدام الحمير لنقل البضائع؟ أليس ذلك صحيحاً؟ — معلقاً المحقق فهد، ويريد أن يظهر جدارته أمام الامريكيون. فسوف نتخفى أنا ورجالي بلباس ومعدات تجار الزيت، وسوف نحضر لكم علي بابا وزوجته

وأولاده الأربعة من دون أن يشعر أحد بذلك.

فضحك الأمريكيون على خطة فهد، ولكنهم وافقوا عليها. ففي حال أنه فعل ما قال، فسوف يزوده الأمريكيون بالشوكولاته، طوال الوقت الذي سيمكث فيه الامريكيين. كان فهد يحب الشوكولاته كثيراً.

إشترى المحقق فهد ثمانية جرار كبيرة، وحمّلها على أربعة حمير، وكان يتظاهر بأنها مليئة بالزيت. في الواقع، كان هناك جرتان فقط مملوءة بالزيت. أما الجرار الأخرى فقد إختبأ بداخلها ستة رجال من الشرطة. خرج قطيع الحمير من مركز الشرطة، وقطعوا جزءً كبيراً من المدينة إلى أن وصلوا أمام منزل علي بابا، وكانت الشمس قد غربت وبدأ البرد يشتد. المحقق فهد، متقمصاً شخصية بائع زيت، طرق باب المنزل وقال لعلي بابا، أنه كان صديق قديم لأخيه قاسم، كان قد تعرف عليه من خلال التجارة؛ وكان قد ذهب إلى منزله، ولكن قبل أن يطرق الباب، أخبره بعض الجيران بأنه قد توفى وأن عائلته تعاني كثيراً لفقدانه. ولذلك طلب منه المبيت تلك الليلة لأنه لم يرد أن يزعج عائلة المتوفى. وأن الوقت قد تأخر ويجب عليه أن يكمل طريقه إلى الكاظمية في صباح اليوم التالي لبيع الزيت.

ـ فأنا لا أثق بالشرطة، كما تعلم. قالها فهد محاولاً إقناعه، فإذا قمت بترك الحمير في الشارع فإنني أخاف أن يستولوا على البضاعة. فأنت تعلم كم هو من الصعب الحصول على الزيت في هذه الأيام. وبالنسبة إليّ، فإنه يعني كل شيء، فزوجتي وأولادي السبعة ينتظرونني في المنزل، لأعود إليهم بالنقود من بيع الزيت وأوفر لهم الطعام. ولإيضاح كلماته، أخذ إبريق الكيل، وملئه بالزيت. وقال: لحسن ضيافتك لي، فإنني سأملئ جرة المطبخ عندك بالزيت.

ومن بعد كل هذه العبارات، إقتنع علي بابا على إستضافة التاجر في منزله، وأدخله إلى فناء المنزل، وأتجه إلى

الإسطبل ليدخل الحمير والزيت، وبعد أن إنتهوا من ذلك، دعا علي بابا التاجر إلى بيته.

ـ رباه، لا لا، لا أريد أن أزعجكم، فأنا أفضل بالبقاء هنا في الإسطبل، مع الحمير. لا تقلقوا بشأني فأنا تعب جداً وسأخلد إلى في غضون ثوان.

تعجب علي بابا كثيراً لأن التاجر رفض دعوته، ولكنه لم يلح عليه كثيراً بالدخول إلى المنزل معتقداً أنه يفضل البقاء بالقرب من بضاعته الثمينة ليراقبها.

فدخل علي بابا إلى المنزل وأخبر زوجته مرجانه بكل ما حصل، وكانت في المطبخ تحضر الطعام، وأظهرت الزوجه بأنها كانت راضية عن القرار الذي إتخذه زوجها لإستضافة التاجر.

ـ وقالت الزوجة: عندما أنتهي من الطبخ، سأقدم بعض الحساء للتاجر؛ بحيث منع علي بابا أولاده الذهاب إلى الإسطبل لكي لا يزعجوا التاجر. وبعدها خرج علي بابا في مأمورية.

ـ لا تتأخر كثيراً فالعشاء على وشك أن يجهز، قالت له زوجته ذلك عندما رأته يغادر المنزل.

وعندما إنتهت من الطبخ، حضرت وعاء من الحساء وذهبت لتقديمه إلى التاجر، ولكن عندما إقتربت من الباب، سمعت بأشخاص يهمسون. فاقتربت ببطء وحذر.

ـ سمعت صوت رجل يتمتم: ننتظر إلى أن يخلد جميعهم إلى النوم لنقوم بعملنا.

ـ ولكنه ليس مريحاً على الإطلاق المكوث داخل الجِرار؛ كان يشتكي أحد الشرطة المختبئين للمحقق.

ـ هشششششش! هدوء، هدوء، هل تريد أن يكتشفوا أمرنا؟

ولكي لا يظهر كالأحمق، ولكي ينسى الأمريكيون أمر علي بابا وعائلته، قال للأمريكيون أنه قد تعقدت الأمور بعض الشيء، ولذلك كان من الواجب قتلهم جميعاً.

بهذا إكتفت مرجانه لتكون متأكدة بالذي كان يحدث. فذلك الرجل لم يكن تاجراً، وإنما كان شخصاً ينوي خطفهم تلك الليلة، وليصبحوا في رحمة الله! ماذا كان عليهم أن يفعلوا؟؟ فتلك الحادثة أعادت إلى ذاكرة مرجانه القصة المشهورة للأربعين حرامي اللذين إختبئوا داخل الجِرار.

– إذاً، سأفعل كما فعل بطل القصة! وسأجعلهم يقعون في المصيدة! قالت ذلك من بعد أن سيطرت على خوفها.

وبهدوء تام، عادت إلى المطبخ، وبدلاً من وعاء الحساء، أعدت طبق كبير من الطعام، ووضعت في الطبق، كل الطعام الذي كان موجوداً لعشاء العائلة في ذلك المساء. ومن ثم ذهبت وأحضرت مخدراً؛ الذي كانت تستخدمه كمهدء ومخفف للآلام، وقامت بوضع جرعات صغيرة في الطعام. ومع هذا الطبق الكبير والشهي ذهبت إلى الإسطبل، ولكن قبل أن تقترب أصدرت بعض الضجة لكي يسمعوا وصولها.

– أيها التاجر! لقد أحضرت لك القليل من الطعام للعشاء، هل يمكنني الدخول؟

سمعت صوت خطوات سريعة؛ بحيث عاد الثعالب إلى مخابئهم.

– نعم نعم، لحظة واحدة... إنني أبدل ملابسي...

كان عذراً بطبيعة الحال، فمن سيبدل ملابسه لينام داخل إسطبل شديد البرودة؟

– يمكنك الدخول، قال التاجر المزعوم.

دخلت مرجانه حاملة الطبق، وعندما رأى المحقق فهد، الطبق الذي قدمته إليه، نظر إليها مذهولاً من كرم هؤلاء الناس.

– إلى أين أنت ذاهبة أيتها السيدة بكل هذا الطعام؟ هذا طعام لعشرة أشخاص!!

– قال لي زوجي بأنك تعب جداً، وغداً في الصباح الباكر ستسافر إلى الكاظمية، والتي تبعد عشرون كيلومتراً عن هنا. فعليك أن تأكل جيداً لتقوى على السفر.

– ولكن هذا كثير جداً.

– في منزلنا، نحب أن نعامل الضيوف كما لو أنهم كانوا أمراء. ونشعر بالفخر بالقيام بذلك، ويجب أن لا تدع شيئاً من الطعام، لأننا في هذا الحال سنكون مستائين جداً.

– لا شيء في نيتي أبعد من الإساءة إليكم. قالها المحتال مع قليل من الندم.

– هنيئاً لك الطعام وأحلاماً سعيدة. غداً سأعود لآخذ الصحون والطبق.

خرجت مرجانه وأغلقت باب الإسطبل، وكلها أمل أن يسير كل شيء كما هو مخطط له.

جاء علي بابا، وأخبرته زوجته بالذي إكتشفته عن التاجر المحتال، وعن الذي قامت بفعله. فإذا سار كل شيء كما هو مخطط له، وتقاسم التاجر المحتال الطعام مع رجاله، فإنه وبعد وقت قصير سوف ينامون كلهم نوماً عميقاً، وتفر العائلة.

وهكذا حدث. في الواقع، شارك المحقق فهد العشاء مع رجاله، تماماً كما تصورت مرجانه، وغط كل الرجال في نوم عميق، حتى أنهم لم يسمعوا أي من الأصوات عند فرار عائلة علي بابا من المنزل، وبحيث أنهم أخرجوا الحمير من الإسطبل وإستخدموها للفرار مع أثاث المنزل. ومن جديد، أنقظ ذكاء مرجانه العائلة من أزمة حرجة.

وفي اليوم التالي، وعندما إستيقظ المحقق فهد ورجاله، وجدوا المنزل فارغاً، وعثروا على رسالة مكتوب فيها: "بصحة وعافية!!".

الهروب، بالمساعدة القيمة للحمير الأربعة في نقل أثاث المنزل.

وشعر المحقق بأنه قد خدع، فغضب جداً، ولكنه كل ما فكر بما حدث، كان يهدأ مثمناً ذكاء تلك السيدة. إلى أن بدا له الأمر مضحكاً. كان يستحق ما حصل له، لأنه أراد إيذاء الفقراء. ولكي لا يظهر كالأحمق، ولكي ينسى الأمريكيون أمر علي بابا وعائلته، قال للأمريكيون أنه قد تعقدت الأمور بعض الشيء، ولذلك كان من الواجب عليهم قتلهم جميعاً؛ وأنهم أجهزوا عليهم جميعاً ولم يشعر بهم أحد من الجيران.

ومن بعد هذه الكذبة، التي تقاسمها هو ورجاله، الذين لم يريدون أن يظهروا كالحمقى أيضاً. وهدأت مخاوف المحقق فهد، وكان ضميره راضياً تماما. ولكن ليس هناك شوكولاته، قال الأمريكيين. "لأن قتلهم لم يكن ضمن الإتفاق" فأجاب "إلا بوجود أسباب قاهرة". الجملة التي سمعهم يرددونها كثيراً.

مع مرور الزمن. هرمَ علي بابا ومرجانه، وعاشوا حياة رديئة، ولكن بهدوء، في الأردن. إلى أن جاءتهم المنية، ليجدوا السلام في الآخرة، لأنهم أوفوا بتعاليم دينهم، ولم يؤذوا أحداً، وحرصوا دائماً على مساعدة المحتاجين.

مصباح علاء الدين السحري

كان علاء الدين صبياً من أسرة بسيطة، كان في الثانية عشرة من عمرة وكان محب للحياة، فقد توفى والده في الحرب، وكانت والدته تعمل في حياكة الملابس لدى أحد الخياطين. كانوا يعيشون في حي الرصافة؛ في الحي القديم لبغداد وبالقرب من نهر دجلة. المدرسة التي كان يذهب إليها، كانت قديمة وباردة، وكانت جدرانها عارية، ولكنها لم تخلوا يوماً من الصورة الكبيرة للرئيس، وكان هناك بعض النوافذ المكسرة، والتي لم يقم أحداً بتغييرها منذ عدة أشهر. والمعلمة، كانت إمرأة طويلة القامة وسمينة، وعلى الرغم من مشاكسة الطلاب، فإنها وفي كثير من الأحيان لم تكن توبخهم على ذلك. وكانت دائماً تبدو متعبة، ولكن علاء الدين والطلاب الآخرين لم يفهموا لماذا هي كذلك! فعلى العكس فهم لديهم الرغبة في الجري والقفز واللعب! وفي أحد المرّات، تغيب أحد الطلاب عن المدرسة، ولكنه ومنذ ذلك اليوم، لم يعد إلى المدرسة مرة أخرى! ومن ثم، ومن دون وعي عن الذي قد حصل، توقف اللعب وإمتلئت النظرات بظلام داكن السواد. سأل علاء الدين والدته عن السبب الذي جعل ذلك الصبي يتوقف فجأة عن

الذهاب الى المدرسة؟!، وكان دائما يحصل على نفس الإجابة: "لقد مات من الجوع، الخوف أو الحزن". ولأيام قليلة، كان علاء الدين صامتاً وحزيناً، ولكن سرعان ما عادت إليه الرغبة في القفز واللعب.

أحياناً، عندما كان يخرج الطلاب من المدرسة، كانت تذهب مجموعة من الأطفال إلى المستنصرية؛ التي كانت في فترة العباسيين، عبارة عن مكان إقامة لسلالة قديمة من الخلفاء اللذين قطنوا بغداد، وكان هناك إحدى أهم الجامعات، والتي كان يدرّس فيها، الأكثر تقدماً في علم الفلك والصيدلة والطب. كانوا يتسللون إلى الفناء المركزي ويختلسون النظر من خلال نوافذ الفصول الدراسية.

كثيراً من الأحيان ومن بعد الظهيرة، كان علاء الدين وأصدقائه يصعدون على سطح المدرسة، ويقضون وقتاً طويلا في التأمل والنظر إلى النهر. بحيث كان يقسم نهر دجلة المدينة إلى قسمين، وكان هناك عشر جسور للعبور من جانب إلى آخر، والتي كانت دائماً مزدحمة بالسيارات والشاحنات والدراجات والعربات... تلك الجسور التي دمرتها الحروب مراراً وتكراراً، والتي وفي كل مرّة، كان يعيد بناؤها سكان بغداد الصامدون. ومن هناك، كان غروب الشمس يغمر أسطح المنازل ومآذن المساجد باللون الأحمر. وفي إحدى الليالي ومن دون أن يدركوا، تأخر الوقت ونزل الليل وهم جالسون هناك، وعادوا إلى منازلهم من بعد منتصف الللیل؛ وكانت أمهاتهم قد قلقن عليهم كثيراً بسبب تأخرهم.

ــ لقد سبق وأن قلت لك ألف مرة، أنني لا أريدك أن تدور في الشوارع إلى هذا الوقت، صرخت والدة علاء الدين، في الوقت الذي خفض علاء الدين عينيه، تائباً.

بالإضافة إلى الساعات التي كان يقضيها في المدرسة، كان علاء الدين يحب الذهاب إلى السوق، حيث كان يملأ أجيابه بفائض الفواكه والخضروات.

المدرسة التي كان يذهب إليها، كانت قديمة وباردة، وكانت
جدرانها عارية، ولكنها لم تخلوا يوماً من الصورة الكبيرة
للرئيس، وكان هناك بعض النوافذ المكسرة، والتي لم يقم أحداً
بتغييرها منذ عدة أشهر.

وكان دائماً يراقب العمال والتجار؛ الحداد الذي يطاوع قطع الحديد أو الإسكافي الذي يرقع الأحذية أو الكاتب الذي يكتب الرسائل للأشخاص اللذين لا يعرفون الكتابة. فهو كان يريد أن يتعلم الكثير في المدرسة، لكي يستطيع كتابة الرسائل لمن يشاء.

في المساء، وبعد تناول العشاء المعتاد مع والدته، كان يذهب علاء الدين ليتمشى على ضفة نهر دجلة، وكان يراقب المطاعم وهم يقومون بشوي الأسماك. ومن ثم كان يذهب إلى شارع أبو نواس، من على جسر الجمهورية إلى جسر بغداد المعلق (14 تموز)؛ فقد كانت هذه أسماء بعض الجسور من عهد صدام، وما زالوا يسمونها هكذا. لم يأكل شيئاً من تلك الأسماك، ولكن الرائحة كانت تعطيه متعة خاصة؛ فكان يفتح أنفه إلى أقصى حد، ويتنفس بعمق، إلى أن تصل الرائحة تقريباً إلى معدته، وهكذا كان يشعر بسعادة. ومن ثم كان يسير إلى أن يصل إلى الميناء، حيث كان هناك نصب تذكاري لشهرزاد، بطلة حكايات ألف ليلة وليلة.

في إحدى الليالي، بالقرب من المياه، بينما كان يراقب أحد الصيادين، رأى شيئاً يلمع في الماء، فاقترب بحذر وأخذه، وعندما خرج من الماء أدرك أنه كان مصباحاً، لم يكن كبيراً وكان مصنوعاً من النحاس. وتذكر القصة التي كانت تقصها عليه والدته عندما كان صغيراً لينام. "الآن، لا يوجد جان"، قال علاء الدين. ولكنه لم يستطع أن يقاوم رغبته، ففرك المصباح بلطف، ومن ثم بقوة أكبر. وفكر "على الاقل سيكون لامعاً أكثر، قبل أن أذهب إلى المنزل وأهديه لأمي". ولكنه كاد أن يموت من شدة الخوف عندما، فجأة بدأ المصباح بإصدار ضجيج من الداخل، وكأن بداخله ماء يغلي، ومن ثم إنطلق من المصباح دخان كثيف إلى أن، وفي النهاية، خرج له جني المصباح. "هذا ليس حقيقياً، فهذا يحدث في القصص فقط!" ثم فرك علاء الدين عينيه، وقرص خديه، ليتأكد من أنه كان

مستيقظاً وأنه لا يحلم، وشاهد بدهشة الجني، الذي ظل جالساً أمامه.

– سيدي، قال له الشيء الغريب في حين كان ينحني برأسه، أشكرك على إخراجي من الظلمة. فلم أخرج من المصباح منذ مئات السنين!

– هل أنت حقاً جني المصباح أم أنني أحلم؟ سأله علاء الدين، وكان ما يزال خائفاً بعض الشيء. لا، أجابه الجني، إنه ليس حلماً، فالجن موجوداً منذ بداية العالم، وسنبقى موجودين دائماً. ومهمتنا هي خدمة أسيادنا.

– خدمتي أنا؟ متعجباً علاء الدين، ولم يكن يصدق ما قد سمع، كيف يمكنك أن تخدمني؟

من ثم، قال الجني: بإمكاني أن أحقق لك ثلاث أمنيات، ولكن لا يجب أن تكون هذه الأمنيات كبيرة ومهمة جداً، لأنني ليس من الدرجة الأولى.

– ماذا تعني بأنك جني ليس من الدرجة الأولى؟

– هذا سهل جداً. تماماً مثل فرق كرة القدم، هناك فرق من الدرجة الأولى والثانية والثالثة...، وعالم الجن يسير بنفس الطريقة، هناك جان من درجات مختلفة، ومن خلال أمنيات أسيادنا، فإنه وفي حال أن الأمنيات كانت أو تكون لتحقيق شيء مهم لرفاهية العالم، فإن درجة الجن ستعلوا.

– ومن الذي يقرر ذلك؟

– مجلس الأعيان للجان.

وكلما سمع علاء الدين أكثر، كانت دهشته تزداد. لا، لا يمكن أن يكون كل هذا صحيحاً. ولكن، وفي حال أنه كان صحيحاً؟ فإن أفضل طريقة كانت لمعرفة ذلك، أن يثبت له الجني من خلال تحقيق شيئاً ما.

– إذا طلبت منك أن تحقق لي شيئاً، فهل ستحققه لي؟

– إذا كان شيئاً صغيراً... نعم.

– صغيراً، إلى أي حد؟

– حسناً....، سأقول لك بعض الأشياء والتي لا يمكنك أن تطلبها، وهكذا ستفهم الذي أعنيه. مثلاً، ليس لدي السلطة على حياة وموت الأفراد، ولا أستطيع أن أنقلك إلى موقع آخر، ولا أستطيع أن أجعلك من الأغنياء ولا أن أخفي قاتلا أو منع الحرب...

فجلس علاء الدين ليفكر وسأل الجني:

– إذاً، ما الذي يمكنك أن تحققه؟

أجابه الجني: بإمكاني أن أمنحك العديد الأشياء، على شرط ألا تكون أشياءً غير عادية. ونصح الجني علاء الدين أن يفكر في حياته اليومية، والأشياء التي يقوم بها، والأشياء التي تقوم بعملها والدته والأصدقاء... ومن ثم، إتضحت الأمور لعلاء الدين، وكان عنده طلب.

– هل بإمكاني أن آكل سمكة مثل هؤلاء الناس الذين يأكلون هناك؟ سأل وهو يشير إلى مطعم قريب.

– طبعاً!

ولم ينتهي علاء الدين من لفظ تلك الكلمات، حتى أنه وجد أمامه طبق وفيه سمكة شبوط كبيرة ومشوية، مقسومة إلى نصفين ومجهزة بالملح والتوابل، وكانت رائحتها شهية جداً.

– يا إلهي، صارخاً، ومن دون إنتظار بدأ في أكل السمكة.

وبعد مرور وقت قصير وهو يأكل، وفي حين كان حذراً لكي لا يحرق أصابعه، تنفس بعمق وفكر أن يأخذ النصف الآخر من السمكة إلى والدته. وفي الواقع، كانت معدته قد إمتلأت. رفع رأسه ونظر إلى الجني؛ الذي إبتسم راضياً إلى جانبه.

– وإذا طلبت منك شيئاً آخر، هل تستطيع أن تلبيه لي؟ من ثم شرح له الجني كيفية عمل القوانين العامة للأمنيات. يمكنه أن يطلب ثلاثة أمنيات، كما كان الحال دائما.

– أو أنك لم تقرأ أبداً أي من الحكايات؟ منتقداً إياه.

فرك علاء الدين عينيه، وقرص خديه، ليتأكد من أنه كان مستيقظاً وأنه لا يحلم، وشاهد بدهشة الجني، الذي ظل جالساً أمامه.

وبالإمكان طلب الأمنيات الثلاث في الوقت ذاته، أو واحدة تلو الأخرى. ومع ذلك، فإن منح الأمنيات لا يكون بشكل دائم أو في أي وقت، في قول آخر، في حال أن تطلب الأمنيات الثلاث، فإنه لا يمكنك أن تطلب أي شيئاً آخر إلا بعد مرور ثلاثة أشهر على ذلك. فعلي ان أستجمع قواي وأعيد شحن البطاريات.

كان علاء الدين صبياً حذراً، وفضل أن يفكر جيداً في أمنياته الاثنتين التاليتين. وقال علاء الدين أنه ليس بحاجة إلى شيء آخر في الوقت الراهن، وطلب من الجني أن يعود إلى المصباح، وتوجه الصبي مسرعاً إلى منزله مع هذا الشيء الثمين، حاملاً إياه مع نصف السمكة الآخر. وعندما وصل إلى المنزل ورأت والدته السمكة وكانت لا تزال ساخنة، سرّت بها كثيراً. وقال علاء الدين لوالدته، أن أحد المطاعم أعطاه هذه السمكة، فصدقته الأم الطيبة. فلم يشأ أن يخبرها بقصة المصباح، وفضل أن يبقيه سراً.

في تلك الليلة، لم يكن علاء الدين قادراً على النوم جيداً. وفي اليوم التالي، في المدرسة، قص علاء الدين سره على أفضل صديق لديه "جميل"؛ جميل الذي كان قد رأى أخاه الأكبر وهو يموت؛ عندما إنفجرت قنبلة بجانب الطريق أثناء عودته من المدرسة، والأخ الثاني، الذي كان قد ذهب للعب كرة القدم مع أصدقائه، ولم يعد من بعدها إلى المنزل. وكانت والدته مريضة. لأنها لم تكن تأكل إلا القليل، لتترك الطعام لجميل وأخاه الأصغر ليأكلوا. ومن ثم أصيبت والدته بالانفلونزا وأصبحت مريضة جداً. ولذلك سأل جميل علاء الدين:

— هل تعتقد أن بإمكان الجني الحصول على بعض الدواء

لوالدتي؟

على الفور قال: إن هذا سبباً وجيها ليطلب أمنيته الثانية. وبعد الإنتهاء من المدرسة، ذهب علاء الدين وصديقه إلى منطقة

خالية بجانب النهر، وفرك علاء الدين المصباح وخرج الجني مرة أخرى، ومن ثم طلب علاء الدين من الجني أن يحضر له مضادات حيوية لوالدة جميل.

– يا إلهي، مضادات حيوية، مضادات حيوية، محتجاً الجني. تعتقدون أنه من السهل الحصول على هذا الدواء! فأنا لا استطيع أن أصنع من لا شيء، شاحنة مليئة بالمضادات الحيوية. فهذه مواد شحيحة، حتى بالنسبة للجان.

– فكم يمكنك أن تجلب لنا؟ متوسلاً إياه جميل.

– كحد أقصى لأمنية واحدة، بإمكاني أن أجلب خمسة صناديق.

فنظر كل منهما إلى الآخر فرحين، وقال علاء الدين كلمة واحدة:

– موافق!

وفي الحال، وعلى إحدى الصخور، ظهرت خمس صناديق كبيرة من المضادات الحيوية، فأخذها جميل بسرعة، وضم علاء الدين إلى صدره، ومن ثم ذهب مسرعاً إلى منزله.

والأمنية الثالثة لعلاء الدين، كانت عبارة عن ماكينة خياطة لوالدته. وكان يعلم أنه لا يسطيع أن يطلب أي شيء آخر إلا بعد مرور ثلاثة أشهر. وبهذه الماكينة إستطاعت والدته العمل بشكل أفضل وبسرعة أكبر. ولكن الخبر السار كان، أن والدة جميل قد شفيت بعد إستخدامها للدواء.

وبعد مرور ثلاثة أشهر، عاد علاء الدين بطلب أشياءً أخرى؛ ضمن حدود قدرات الجني طبعاً، فكان يطلب أشياء بسيطة للغاية مثل: صندوق من الفاكهة، ملابس أو المزيد من الأدوية لبعض الجيران المرضى والمحتاجين، خزانات صغيرة من البنزين التي كان يبيعها على أشارات المرور...

وكانت تمر الأيام والشهور، محفوفة بالمخاطر أثناء النزول إلى الشارع؛ ففي كل ركن وزاوية، السوق أو المسجد أو حتى أمام المدرسة، كان من الممكن أن تنفجر إحدى القنابل. ففي

بغداد، كان يجهل الناس كلمة "غداً"؛ ولذلك عاشوا أيامهم لحظة بلحظة.

قال الأمريكيين أنهم غزوا البلاد للإطاحة بالديكتاتور، لكنهم لم يغادروا من بعد ذلك، وإحتلوا البلاد، وقاموا بإجراء الإنتخابات لفرض سيطرة الحكومة، ولكن العنف على أرض الواقع لم يتوقف. وكأن أتباع بن لادن إغتنموا الفرصة لوضع قنابل في كل مكان! وبدلاً من أن تتحسن الأمور، أصبح كل شيء أسوأ من ذي قبل، وبصرف النظر عن القوات الأجنبية، كان هناك الجيش العراقي، وبالإضافة إلى ذلك، الميليشيات التي لا يُعرف من أين قد جاءت، اللذين خطفوا وقتلوا الناس. وشهد علاء الدين، العديد من أصدقائه اللذين تيتموا بسبب وفاة أو إختفاء أسرهم؛ ولأنهم لا يملكون شيئاً ليعتاشوا منه من بعد رحيل الآباء والامهات، سقطوا في أيدي العصابات والمجرمين، اللذين قاموا بإستغلالهم والاعتداء عليهم. وفي إحدى الليالي، إلتقى علاء الدين بجارة يتيمة في سنه، وكانت تشم الغراء بالقرب من إشارة المرور، فشفق عليها كثيراً. ولذلك، فإن الطلب التالي لعلاء الدين كان لمساعدة تلك الطفلة.

في المدرسة، وفي فصل علاء الدين، كان هناك عشرون طالب، أحياناً لم يكن يحضر سوى إثنين أو ثلاثة من الطلبة. وفي أحد الأيام، وبعد أن خرج علاء الدين من المدرسة، رأى سيارة تتوقف، وخرج منها أربعة رجال، وقاموا بخطف طفلة، خديجة؛ كانت تبلغ عشر سنوات فقط، وكان على والديها بيع المنزل والسيارة لدفع الفدية ليستردوها من الخاطفين.

كان علاء الدين يقوم بتقديم الطلبات إلى الجني، أربع مرات في العام، وكان قد إعتاد على ذلك، فكان دائماً يفكر جيداً في الطلبات التي يريد أن يحققها له الجني... وعلى هذا الحال مرّت بضع سنوات. في بغداد، مات العديد من الأطفال، بسبب الجوع الحصار، في حين كان لا يزال الدكتاتور ينعم

بالقصور، وأيضاً، بسبب الغزو والإحتلال الأمريكي والبريطاني. ومن جهة أخرى، لم يكن علاء الدين مهتماً فيمن يحكم البلاد، أكان الحاكم طاغية مع أوسمة، أو ملكاً مع تاج، أو حتى مدني منتخب، فالوضع سيكون سيئاً كما هو الحال... وفي أحد المرات، فكر علاء الدين أنه بحاجة إلى عطلة يذهب فيها إلى مكان ما في الغرب، لأن ذلك لم يكن عادلاً.

أخيراً، وبمساعدة من الجني، تمكن علاء الدين من الدخول إلى الجامعة؛ والتي لم تعد مرموقة وذات عزّ كما كانت في الماضي. الآن، قتل المعلمين كان يومياً، وظروف الدراسة لم تكن مستقرة، ومع ذلك، فإن علاء الدين إجتهد ودرس كثيراً ليصبح واحداً من أفضل طلاب القانون. وجميل أيضاً، قد أصبح شاباً، وكانت والدته بصحة جيدة، ويعود الفضل للدواء الذي كان يحضره الجني. وفي الوقت ذاته، كان جميل يعمل في مكاتب الثكنات العسكرية، بالقرب من مطار بغداد، فمن المؤكد أنه لم يكن يحب هذا العمل كثيراً، ولكن دراسته لم تسر على ما يرام، كما هو الحال لعلاء الدين، ولذلك كان عليه قبول أول فرصة عمل سنحت له. وبعد مدّة من الزمن، إستقال جميل من الوظيفة، وقال لعلاء الدين: على الأقل، أنا كنت محظوظاً، فهناك كثير من الناس العاطلين عن العمل، وكان قد تحدث كثيراً في هذا الشأن مع علاء الدين قبل أن يتخذ قراره. لكنه لم يكن يرى الأمور بوضوح، ولكنه إعترف بأن المعيشة كانت صعبة للغاية في ذلك الوقت، وكان عليه العمل في أي شيء. فبعض من معارفه إتهموه بالخيانة والتعاون مع المُحتل، ولكنه أجابهم: أنه إذا كان هؤلاء الناس هم أصحاب كل شيء!، فإن العمل في أي مكان سيؤدي إلى النتيجة ذاتها. وبطريقة أو بأخرى، فإنه يجب علينا كسب لقمة العيش، أليس كذلك؟.

والدته، وبهذه الماكينة تمكنت من العمل بشكل أفضل وبسرعة
أكبر.

وعلى الرغم من أن الثكنة العسكرية كانت تعج بالقوات العراقية، وكان هناك كتيبة واحدة من الجنود الأمريكيين، الذين وفي واقع الأمر، كانوا يديرون كل شيء كما يشاؤون. في بعض الأحيان، كان علاء الدين يذهب إلى مكان عمل صديقه جميل، ليصطحبه إلى ضفاف نهر دجلة، كما كانا يفعلان عندما كانوا صغار السن. في أحد الأيام، عندما كان علاء الدين ينتظر صديقه؛ بعيداً قليلاً عن المدخل، رأى سيارة جيب تخرج ويقودها أحد الجنود الأمريكيين. وتوقفت السيارة للحظة، للإلتفاف إلى الطريق الرئيسي، وحينها تمكن علاء الدين أن يرى بشكل أفضل: فقد كانت فتاة شابة، مستديرة الوجه، ولون بشرتها غامقة بعض الشيء، وعيناها كبيرتان جداً. ولاحظت الفتاة أن أحداً كان ينظر إليها، فنظرت إليه أيضاً. ومن ثم، وبدلاً من أن تنظر إليه بنظرات العدو الجافة والمتعجرفة، نظرت إلى علاء الدين بنظرات ناعمة وجميلة، والتي أسرت قلبه. وأذهلت هذه النظرات علاء الدين، وعندما خرج صديقه، لم يتوقف علاء الدين عن طرح الأسئلة: "من هي؟، ما هو إسمها؟، وبماذا تعمل؟، هل تخرج من هنا كل يوم؟، في أي وقت؟".

— الكثير من الأسئلة التي ليس لها إجابة! قال له جميل أنه لا يعرف أي شيء عن هذه الفتاة.

ومنذ ذلك اليوم، لم يستطع علاء الدين أن يتوقف عن التفكير بتلك الفتاة. وفي أحد الأيام، في الفصل الجامعي، إعترف لأحد زملائه بأنه يحب... زميله غاضباً:

— ماذا!!! تحب فتاة أمريكية؟ كيف إستطعت أن تفعل شيئاً كهذا؟ إنهم مجرمين من دون قلب ولا رحمة؛ هل نسيت الذي فعلوه بآبائنا وأصدقائنا؟

كان ينتمي ذلك الشاب إلى المقاومة، واعتقد علاء الدين أن زميله كان على حق، ولكن علاء الدين لم يستطع أن يتوقف عن التفكير بالفتاة الأمريكية. كان قد أحبها بجنون. وكان

يقول: من المؤكد أن يكون هناك بعض الأمريكيين الطيبين. وأصبح جميل "إله الحب" لعلاء الدين، فقدم إليه المعلومات التي أراد. فكانت تدعى تلك الفتاة سوزان، وهي من أصول إسبانية، كانت يتيمة، وهاجرت من المكسيك لتعيش في الولايات المتحدة، ولم تكن متزوجة.

— وماذا أيضاً؟ أخبرني المزيد عنها، فكل شيء كان يبدو قليلاً لعلاء الدين. — ما رأيك، سأكتب لها رسالة، فهل يمكنك أن توصلها إليها؟

وهكذا فعل، وفي مقدمة الرسالة، بعض الأبيات من قصيدة "أنشودة المطر" للشاعر السياب، مترجمة إلى اللغة الإنكليزية. وبينما كان ينتظر رداً، بدا إليه وأن العالم قد توقف، وأن الساعات أصبحت أطول من السنين، فكان يأكل قليلاً وأهمل الدراسة. وكأن الحب قد سيطر على كل جوارحه! ومرت الأيام ولكن لم يصله أي رد من محبوبته. ولذلك، إستدعى جني المصباح، وطلب منه أن يفعل أي شيء ممكن.

— ماذا؟ هل تعتقد أنني وكيل زواج؟ مجيباً إياه الجني، وكان غاضباً من طلبه هذا.

— ولكن، بمقدورك أن تفعل شيئاً لها لكي لا تتجاهلني.

— سأقدم لك نصيحة فقط. أن تصر على الشعر وقصائد الحب، لأن النساء تحب الغزل، حتى إن كانوا جنوداً.

وأتبع علاء الدين نصيحة الجني، وبعد مرور ثمانية أيام ولياليها الطوال، وفي كل يوم كان يبعث إليها بقصيدة، ومن دون أي رد، خرج جميل من العمل مسروراً، وتاركاً إبتسامة عريضة على وجهه.

— اليوم سألتي من تكون أنت، ومن أين تعرفها، وبماذا تعمل، وسألتني عن علاقتي بك أيضاً.

— وماذا قلت لها؟؟

— لقد رفعت من شأنك إلى السماء.

كان علاء الدين مبتهجاً. فتحدث جميل مع سوزان بخصوص

علاء الدين، وقال إنها كانت مهتمة بأمره.

– ومن ثم، سألتها فيما إذا كانت تريد أن تكتب لك شيئاً، وأجابتني، بأنها ستفكر في الأمر، وربما ستفعل.

وفي موجة من السعادة، قبّلَ علاء الدين صديقه سعيداً بالذي حدث، وبدأ في القفز والرقص.

– أنت مجنون حقاً، فقد قالت إنها ستفكر في الأمر...

– إن هذا يكفيني، أن تفكر بي... إن هذا يملأني بالسعادة.

وبالفعل، فلم يطل كثيراً تفكير سوزان، ففي اليوم التالي، كان جميل يحمل الرد. وكان في الرسالة ذات الأسئلة التي قامت بطرحها على صديقه جميل. وعندما عاد علاء الدين إلى المنزل، بدأ بكتابة رسالة طويلة، والتي تحدث فيها عن عائلته ودراسته وأحلامه....

ومنذ ذلك الحين، كانوا يتراسلون من خلال جميل، ودامت هذه المراسلات مدةٌ من الزمن بين علاء الدين وسوزان، إلى أن إتفقوا أن يلتقوا في إحدى مقاهي بغداد. بحيث إختار علاء الدين مكاناً محايداً، لا يوجد فيه الكثير من الأجانب لكي لا يقوموا بمضايقتهم، وليس مليء بالعراقيين فقط، لأنهم سينظرون بسوء إلى سوزان.

كان علاء الدين متوتراً جداً، حتى أنه كان في المقهى نصف ساعة من الموعد؛ كان جالساً على الطاولة وأمامه كأس من الشاي ويدخن الأرجيلة. وأخيراً، جاءت سوزان، بدا إليه وكأن السماء قد انفجرت في سيمفونية رائعة من الألوان. إختفت كل الأصوات، توقفت جميع الحركات. فهناك، لم يكن هناك أحد سواهما، الإثنان معاً. كانت الفتاة قد وضعت وشاحاً حول رأسها، لكي لا يراها أحد من معارفها ولعدم لفت الانتباه. وجلست أمام علاء الدين، وللمرة الأولى كان يراها عن قرب؛ فكان لون بشرتها غامقة قليلاً، ووجهها مستدير، وعيناها الكبيرتان.. تكاد أن تتكلم.

لقد مرّ الوقت بسرعة كبيرة. هل سنلتقي مرة أخرى؟

في البداية، شعر الإثنان بقليل من الخجل. في الواقع، ومن خلال الرسائل، كانوا قد عرفوا الكثير من الأشياء عن بعضهما البعض، ولكن اللقاء كان مختلفاً جداً... وقالت له سوزان أنها كانت مترددة بالمجيء حتى اللحظة الأخيرة. وأنها لم تخبر أحداً من زملائها في الثكنة عن هذا اللقاء، لأنها كانت خائفة بأن لا يتفهموا إرادتها ويسببوا لها المشاكل. حتى أنها هي ذاتها، لم تكن متأكدة ما إذا كانت متفهمة لما يجري. وبدوره هو، أنا أيضاً، لدي بعض الزملاء، اللذين سيعترضون تماماً بأن أتحدث مع فتاة أمريكية. ومن ثم، عرض عليها الذهاب للمشي على ضفاف نهر دجلة، ووافقت على الذهاب. وبينما كانا يتمشون هناك، شعر علاء الدين بأمان أكثر، فلا أحد يستطيع أن يسمعهما، كانا ينظران إلى السماء وإلى ضفاف النهر؛ المهجورة والمليئة بالأوساخ. من ثم، بدأ علاء الدين بالحديث عن الماضي وعن أيام الطفولة، التي كان يقضيها مع أصدقائه على ضفاف النهر.

— في أحدى المرات، أساء إلي أنا وجميل أحد الأصدقاء، فقمنا بوضع بعض الكركم سراً في كأس الشاي خاصته. لأننا نقول عادةً من يشرب الشاب باكركرم، لن ينمو شاربه، وكما قد رأيتي، فإننا نحن العراقيين نحب كثيراً أن يكون لدينا شارب.

إبتسمت في حين أنها كانت تستمع إليه بإهتمام، ولكنها لم تعكس الفرحة التي توقعها علاء الدين.

— تخيل لو كان وجهك مغمور تماماً بالشعر. ضحك علاء الدين، مظهراً أسنانه البيضاء، وليظهر لها أنه إنفجر من الضحك.

ومن ثم، بدأت بالحديث عن نفسها، فهي تعمل في تلك الكتيبة منذ عشرة أشهر، وأنها كانت تشعر بالوحدة لأنها كانت الفتاة الوحيدة داخل تلك الكتيبة. وفي كثير من الأحيان كان زملائها يضايقونها، وحتى أنه وفي إحدى المناسبات، حاول أحدهم

التحرش بها. وكان لديها رغبة كبيرة بالعودة إلى بلدها للعمل في شيئاً آخر.

– ولماذا تعملين كمجندة في الجيش إذاً؟

– لأنني كنت عاطلة عن العمل، وكنت بحاجة لأن أعمل في أي شيء. ولتصبح جندياً محترفاً، فإن هذا يعني أنك ستقضي نصف حياتك في الجيش. وإن معظم الأغنياء لا يخدمون ولا يعملون في الجيش. ومعظمنا هنا، ليس لدينا الكثير من المؤهلات العلمية، ولذلك إعتقدنا أنها ستكون فرصة جيدة للعمل... ولكننا أخطأنا. فيجب عليك أن تكون شخصاً مختلفاً عن الآخرين، لتعتاد على حياة الجنود؛ وهذا لا ينطبق عليّ.

– ماذا كنتِ تعرفين عن بلدي قبل أن تأتي إلى هنا؟ سأل علاء الدين.

– جئنا، لأن هذا البلد كان محكوماً من قبل دكتاتور قاسي جداً، الذي كان متحالفاً مع بن لادن، وأنهم معاً، يريدون نشر الإرهاب في جميع أنحاء العالم.

– ولكن هذا ليس صحيحاً!! معترضاً حديثها.

ومن ثم أوضح لها علاء الدين، أن صدام حسين في الواقع، كان دكتاتوراً قاسياً، ولكنه لم يكن متحالفاً مع بن لادن، وأنهم ينتمون إلى جماعات عرقية وتيارات إسلامية مختلفة جداً. ويأتي بن لادن من المملكة العربية السعودية؛ بلد صديق للأمريكيين ومعادٍ للعراق، وعلى أسس ودوافع غير معروفة قد تحالفوا. وصدام حسين لم يكن يمتلك أسلحة الدمار الشامل في وقت إعلان الحرب على العراق. نعم، كان لديه بعض الأسلحة في السابق، ولكنه كان قد إبتاعها من قبل الأمريكيين عندما كانوا أصدقاء.

في الواقع، إن الهدف الوحيد لهذه الحرب هو: السيطرة على نفط العراق... وأكمل علاء الدين قائلاً: السلام؟ إن السلام لا يعني لهم شيئاً. إذا لم يكن كذلك، أنظري إلى حالنا الآن. كل يوم هناك العشرات من القتلى في الطرقات، وإنتشرت

الجرائم وازداد الإرهاب. والآن نعم، إن بن لادن يسيطر على كل الميادين في العراق وفي العالم أجمع.

فسوزان لم تكن تعرف أي شيء عن ذلك، وأنها كانت داخل الثكنات العسكرية طوال الوقت، ولم تكن تخرج إلا للقيام ببعض الدوريات. أحياناً، شاهدت وسمعت أشياءً ليس لها صلة بما كان يقوله لنا الضباط؛ بأنهم جاءوا لينقذوا العراق، وأن العالم أجمع متفق على ذلك مع أمريكا، وأن العراقيين رحبوا وإستقبلوا الأمريكيين بأذرع مفتوحة... ولكن حدثت بعض الأمور التي جعلتهم يشكون في مصداقية مهمتهم، وأن هذه الشكوك قد تحولت إلى شعور بالخزي والعار.

كان الوقت قد تأخر، وكان على سوزان العودة إلى الثكنة. نظر علاء الدين إليها بحنان، وقال: "لقد مرّ الوقت بسرعة كبيرة. هل سنلتقي مرة أخرى؟

والتقوا مرّات أخرى، ومن خلال ساعي البريد الشخصي؛ جميل، هكذا كانت تلقبه سوزان، واصلوا اللقاءات، والمشي على ضفاف النهر، الذي أصبح عادةً لديهم.

وفي كثير من الأحيان، كان الحزن على الناس الذين لقوا حتفهم في الهجمات الإرهابية، يشعرهم بالعجز عن التغيير. وسوزان كانت خائفة جداً. علاء الدين صامتاً؛ نظر إلى أعلى، وأخذ بيدها بقوة، ومعاً مشوا بصمت. وفي كثير من الأحيان، كان يمكن رؤية أعمدة الدخان المتصاعد إلى السماء، بسبب حريق ناجم عن أحد الإنفجارات.

وبعد معرفة كل منهما الآخر، جاء الإحترام، ومع الإحترام جاءت الثقة، ومع الثقة والإحترام، جاءت المحبة. وسوزان أيضاً أحبت ذلك الشاب الخجول، البسيط والذكي، والذي إكتشفت من خلاله الوجه الآخر لواقع بلده وشعبه. وبعد معرفة حقيقة الواقع، تزايد خوف سوزان، وتزايد رفضها لزملائها الجنود، الذين كانوا قليلاً ما يتحدثون في أمور خارج نطاق العمل.

ذلك اليوم، سماء تلمع فيه النجوم وضوء القمر فقط.
لا مزيد من الطائرات. لا مزيد من القنابل.

في أحد الأيام، وصل نبأ إلى الثكنة العسكرية التي تعمل بها سوزان، أن مهمتهم قد إنتهت وأن عليهم مغادرة البلاد. وعندما علم بذلك علاء الدين، عرض عليها البقاء. في حين، بدا لها المشهد قاتماً في بغداد، وشعرت برعشة في جميع أنحاء جسدها؛ ولكنها أحبت علاء الدين، ومن ثم وبعد تفكير عميق، وافقت على البقاء. ففي بلدها لم يكن لديها عائلة، ولذلك، كانت دائما تشعر بالغربة. "غُربة على غُربة، ولكن هنا، لدي رجل يحبني"، كانت تفكر. ولم تعد إلى الولايات المتحدة.

وإستضافت والدة علاء الدين سوزان، وأحبتها كما لو كانت إبنتها. ومنذ ذلك الحين، كانت طلبات علاء الدين للجني مرة كل ثلاثة أشهر، وكان يطلب علاء الدين من الجني أشياء بسيطة وضمن حدود مقدرة الجني، فلم يكن يريد أن يضايق الجني بطلبات كثيرة ومعقدة. وبهذا، كان الجني سعيداً، لأن سيده كان يطلب أشياء سهلة عليه، مثل: بعض الكتب أو بضعة أمتار من القماش أو الخيوط للحياكة... بحيث، كان الجني مقتنع أنه ومع هذا الشاب الحكيم والكريم، كان يجني الكثير من النقاط والتي من شأنها رفعه إلى درجات أعلى. وهكذا حصل، إرتقى الجني لدرجات أعلى، سواءً من خلال مساعدة الجني أو ربما مجرد نتيجة لصبر علاء الدين. أنهى علاء الدين دراسته بمؤهلات جيدة جداً. وتعلمت سوزان الحياكة على ماكنة والدة زوجها القديمة، وأصبحت ماهرة جداً في الحياكة. والمصاعب التي يواجهها البلد لم تنتهي. كان من الصعب النهوض بعد كل ذلك الدمار، لكن مساعدتهم لبعضهم البعض لم تتوقف، وكان ذلك مهماً جداً. وبفضل سوزان، عرف علاء الدين الكثير عن تلك البلاد المسمى بأمريكا، وسوزان أيضاً، التي كانت معرفتها تزداد يوماً من بعد يوم عن بلاد ما بين النهرين. وأنجبوا صبيين وفتاة، وفي المساء كانوا يصعدون جميعاً إلى سطح المنزل لمشاهدة السماء.

السماء التي تنتظر ذلك اليوم، التي تلمع فيه النجوم وضوء القمر فقط. لا مزيد من الطائرات. لا مزيد من القنابل. لا مزيد من الدماء.

وما إلى ذلك، ومن بعد جمع الكثير من النقاط، ربما سيصل الجني إلى أعلى درجة ممكنة، وذلك لخدمته طوال قرون عدة. ومع جني من الدرجة الأولى، سيتمكن علاء الدين من صنع العجائب.

النهاية